El poder de los sentimientos

Sara Wood

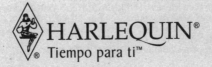

HARLEQUIN®

Tiempo para ti™

NOVELAS CON CORAZÓN

Editado por HARLEQUIN IBÉRICA, S.A.
Hermosilla, 21
28001 Madrid

I.S.B.N.: 84-396-9808-9
Depósito legal: B-23115-2002
Editor responsable: M. T. Villar
Diseño cubierta: María J. Velasco Juez
Fotomecánica: PREIMPRESIÓN 2000
C/. Matilde Hernández, 34. 28019 Madrid
Impresión y encuadernación: LITOGRAFÍA ROSÉS, S.A.
C/. Energía, 11. 08850 Gavá (Barcelona)
Fecha impresión Argentina:22.12.02
Distribuidor exclusivo para España: LOGISTA
Distribuidor para México: PUBLICACIONES SAYROLS, S.A. DE C.V.
Distribuidores para Argentina: interior, BERTRAN, S.A.C. Vélez
Sársfield, 1950. Cap. Fed./ Buenos Aires y Gran Buenos Aires,
VACCARO SÁNCHEZ y Cía, S.A.
Distribuidor para Chile: DISTRIBUIDORA ALFA, S.A.

Capítulo 1

CASSIAN aspiraba el aire cálido de la noche marroquí, tendido en el tejado de su casa. Era una vivienda alquilada, que compartía con dos bailarinas de striptease, un budista de Florida y un boticario marroquí.

Junto a su agente literario contemplaba los espectáculos que se celebraban en la concurrida plaza de Djemma el Fna, en el centro de Marrakech. El baile de las serpientes, los saltos de los acróbatas y la marcha orgullosa de los nómadas del desierto dejaban a su agente con la boca abierta. Aquellos hombres vestidos con harapos que caminaban como reyes hacían pensar a Cassian que, con frecuencia, el atuendo ocultaba la grandeza del alma.

—Esto es muy diferente a lo que te encuentras en el centro de Londres –comentó.

—Valores diferentes para un mismo mundo. La vida se reduce a la mínima necesidad. La búsqueda de alimento, refugio y amor –comentó perezosamente.

Le sirvió a su invitado un poco de café con pastas. Después de estar viviendo allí un año, la magia de aquel sitio ya le resultaba familiar; los contadores de cuentos bajo las farolas, los contorsionistas, los payasos y la multitud de berébere que se mezclaban con los asombrados turistas.

Sus oídos ya se habían acostumbrado al incesante jaleo de tambores, címbalos y cítaras que ahogaban el barullo de las voces, y también, por suerte, a los gritos que proferían los clientes de los sacamuelas callejeros.

–Bueno –dijo su agente, sin poder ocultar su desagrado por lo que estaba viendo–, ahora que has terminado tu libro, ¿volverás a casa con tu hijo por una temporada?

Cassian saboreó el café turco, deleitándose con su exquisita calidad.

–Me temo que ni Jai ni yo tenemos casa –dijo con voz grave.

Pero mientras contemplaba la luz dorada de los edificios y el abigarrado manto multicolor que se extendía a sus pies, una imagen cruzó su mente: colinas y prados verdes surcados por muros de piedra, vetustos bosques y pequeñas aldeas junto a un sinuoso arroyo. Yorkshire... y especialmente, Thrushton.

–Debes de sentirte muy aliviado –dijo su agente–. Dispones de entera libertad. No tienes más que sentarse frente al ordenador una hora tras otra –añadió en tono jovial. Intentaba descubrir lo que encerraba aquel hombre tan misterioso, al que solo conocía por el nombre de Alan Black.

–No quiero renunciar a mi libertad –replicó Cassian–. Antes dejaría de escribir.

–¡Demonios! No digas eso. Hay otro productor que nos ha pedido llevar a la pantalla tu próximo libro –el temor de perder su doce por ciento lo había sobresaltado.

Pero Cassian ya no escuchaba. Había oído un extraño ruido que provenía del callejón contiguo a su casa. Se arrimó al parapeto y vio a un hombre tendido en el suelo que gemía de dolor. Alguien se alejaba corriendo hacia las sombras del zoco. Sin perder tiempo, Cassian se disculpó y fue a ayudar.

Minutos más tarde vio que el hombre magullado y dolorido al que hizo entrar en su casa era Tony Morris, su viejo enemigo de aquella parte de Inglaterra que dormía en sus recuerdos.

Mientras le limpiaba la sangre del rostro, Cassian pensó otra vez en Yorkshire, y sintió con más fuerza el impulso de la nostalgia. Tal vez fuera el momento de regresar, el momento de brindarle a su desgraciada vida la paz y el consuelo que ansiaba, y el momento de enfrentarse con los demonios del pasado.

Y entonces Tony le ofreció la oportunidad para hacerlo.

Laura dejó dos tazas sobre la mesa y vertió con expresión preocupada los restos del café. El café no era lo único que tendría que borrar de la lista de la compra.

—Sue —llamó a su amiga de toda la vida—. Tengo que encontrar un trabajo ya.

—¿Todavía no tienes nada? —le preguntó Sue comprensivamente.

—No. ¡Y llevo toda la semana buscando en Harrogate!

—¡Vaya! —exclamó Sue, impresionada.

Ella era la única que sabía por lo que estaba pasando su amiga. Laura pasaba las noches en vela, pensando en el estado de salud de su pobre hijo.

Tenía que encontrar un empleo pero no había trabajo en Thrushton, ni siquiera en las localidades vecinas como Grassington y Skipton.

Del resto de Yorkshire no sabía nada, confinada toda su vida a los márgenes del río Wharfe. Solo de pensar en irse a otra parte de Inglaterra la hacía palidecer.

Era una actitud infantil, pero no era su culpa. Si alguna vez tuvo cierta seguridad en sí misma, la severa educación que había sufrido acabó con ella. Y la poca ambición que pudo reunir no sobrevivió a las acerbas críticas de tía Enid, la hermana de su padre adoptivo, ni al hijo de este, Tony.

Pero el cuidado de Adam, su propio hijo, exigía un cambio radical en sus pensamientos.

—Haría cualquier cosa para que pudiéramos quedarnos aquí —declaró con vehemencia—. Pero Adam y yo necesitamos estabilidad familiar también, o nos vendríamos abajo.

—Lo sé, chica. Y creo que has sido muy valiente al buscar trabajo en Harrogate —le palmeó la mano con admiración—. Pero... debe de ser una pesadilla sin coche, ¿no?

—Dos autobuses, un tren y una larga caminata —respondió Laura con una mueca—. Pero no tengo elección, y encima nadie parecía estar especialmente ansioso por contratarme. ¡Estoy harta! Me he recorrido todas las calles —exclamó enfadada.

—Tiene que haber algo —la animó Sue.

—Sí, seguro. Bailarina de striptease, por ejemplo.

Sue se echó a reír y Laura hizo lo mismo, mientras daba un salto y se ponía a bailar en torno a un poste imaginario. Adoptó una tentadora expresión y contorneó su cuerpo con gracia sensual. Parecía un modo sencillo de ganar dinero.

–¡Caramba! Te daría cinco libras ahora mismo –dijo Sue con admiración–. Es irresistiblemente erótico... pero para eso tienes unas piernas y un cuerpo estupendos. Aunque esa camisa tan holgada no serviría –advirtió–. No es del color apropiado.

Laura se sentó en la silla y se palpó la camisa. La había sacado, como casi toda su ropa, del montón de rebajas de la tienda, y era por lo menos dos tallas mayor que la suya.

Se sentía muy cómoda moviéndose de esa manera. Tal vez lo hubiera heredado de su madre, pensó tristemente.

–¡Era una fulana! –le había espetado su tía Enid–. Se acostaba con todo el mundo y al casarse con tu padre, que era un respetable abogado, Diana tiró el nombre de Morris por los suelos.

Laura nunca supo la verdad. Nunca supo por qué su madre fue infiel, ni supo la identidad de su verdadero padre. Nadie más sabía que no era hija de George Morris.

Tan pronto como Laura nació su madre se marchó, y George no tuvo más remedio que cuidar de ella como si fuera su hija. No le gustó nada hacerse cargo, lo que explicaba la carencia absoluta de afecto y amor.

Mirando la acogedora cocina, puso una mueca de dolor al imaginar el escándalo que debió de formarse cuando se descubrió la infidelidad de su madre. No era difícil entender que a su padre le hubiera costado tanto aceptar a la hija bastarda de su esposa.

Y también era comprensible el régimen dictatorial que su padre y tía Enid le habían impuesto, y que la había convertido en una tímida ratita, sin otra habilidad que las puramente domésticas.

–¿Sabes, Sue...? –le confesó a su amiga–. A veces me siento como una prostituta en las entrevistas, con esa sonrisa y ese encanto... Oh, ¡Lo odio!

Golpeó la mesa con fuerza, y Sue dio un salto en su silla.

–Alguna vez cambiará –le dijo, no muy convencida–. Hoy tengo cita con el dentista en Harrogate. Miraré en el periódico de allí las ofertas de empleo.

–Haré cualquier cosa que sea decente y legal. Estoy deseando aprender y trabajar duro... pero la verdad es que soy sosa y tímida, y que mi ropa no es precisamente un último modelo –murmuró–. Siempre veo a las otras candidatas presumiendo de su aspecto y de confianza en sí mismas, y siento cómo se ríen de mí tras su fachada hipócrita. ¡Mírame! –exclamó levantándose–. Mis manos no son tan suaves y delicadas como las suyas, pero te aseguro, Sue, que podría ser tan buena como ella con un buen pintalabios, un corte de pelo sofisticado y unos cuantos botes de crema para las manos.

–Nunca te había visto tan enérgica–se maravilló su amiga.

–Es porque estoy furiosa –sus bonitos ojos azules parecían despedir llamas–. ¿Cuándo se darán cuenta de que el aspecto no es nada? ¿De que todo está aquí y aquí? –se palpó la cabeza y el pecho–. ¿Qué está haciendo ese camión de mudanzas ahí fuera? –preguntó frunciendo el ceño.

–Se habrá perdido –dijo Sue sin mucho interés–. Nadie se ha mudado aquí, que yo sepa.

Thrushton Hall se levantaba al final de la pequeña aldea. Era un edifico de piedra, construido en la Edad Media y ampliado en el periodo georgiano, separado del sendero que conducía al río por un bonito jardín.

Laura se acercó a la ventana y observó que la furgoneta se detenía junto al muro bajo de piedra. Del vehículo salieron unos hombres, cargados con termos y sándwiches, y se sentaron en la tapia a comer.

–Bueno, parece que esto se ha convertido en un destino turístico –exclamó Laura. Un todoterreno abollado apareció por el camino y aparcó tras la furgoneta–. ¡Ahí viene otro! Vaya, dentro de un minuto tendremos aquí a una multitud, y yo tendré que facilitarles sombrillas, papeleras y el acceso a los lavabos. Sue, ven y...

Las palabras se le atascaron en la garganta. Del todoterreno salía en ese momento un hombre alto y esbelto, vestido con una camisa y unos vaqueros negros.

–¿Qué pasa? –preguntó Sue–. ¡Cielos! –exclamó apretando el brazo de Laura–. ¿No es ese...?

–¡Sí! –Laura tenía los ojos muy abiertos y se había puesto pálida–. ¡Es Cassian!

Entonces él se volvió hacia la casa y las dos amigas se ocultaron tras la pared, como si fueran dos niñas que se estuvieran escondiendo al hacer una travesura.

–¡Qué macizo se ha puesto! –dijo Sue–. Está buenísimo. Pero ¿por qué está aquí?

Laura no podía hablar, conmocionada por la siniestra aparición. Diecisiete años atrás había llegado de repente, y se había vuelto a marchar a los cinco años, provocando una ruptura en la familia de Laura.

Ella tenía entonces diez años. Su padre anunció que iba a casarse con una de sus clientas, una artista con un hijo de doce años. Tony, su hijo, había reaccionado muy mal, pero para Laura la llegada de Bathsheba y de Cassian fue una revelación. La casa se llenó de vida, de música y de risas. Laura muy pronto se acostumbró al olor de la trementina y de las hierbas aromáticas de exóticos platos.

Pero el comportamiento de Cassian fue motivo de fuertes discusiones. El chico era de carácter difícil y agresivo, y se negaba a integrarse en la vida familiar y social. Laura recordó claramente cómo desafiaba las reglas de tía Enid, y los días que desaparecía por su cuenta, sin comida ni refugio.

Cassian procedía de un mundo que ni Laura ni sus amigos podían imaginar. Y Laura lo admiraba; deseba tener su coraje y su independencia.

Cuando se hizo mayor, su arrolladora seguridad atrajo a las chicas como la miel a las abejas. Era el chico malo del pueblo y las mujeres se morían por llamar su atención. Algunas lo consiguieron, y en la plaza de Grassington relataron su increíble aventura amorosa ante un grupo de jóvenes perplejos, entre los que se contaba Laura.

Y también ella se excitaba secretamente, aunque no sabía por qué.

En esos momentos lo observaba desde la ventana. Cassian estaba dando indicaciones a los hombres de la furgoneta. Lo miraba extasiada. Cassian siempre había tenido carisma. Siempre había sido distinto... especial.

También Sue lo contemplaba con ensimisma-
miento, mientras agarraba fuertemente la cortina.

¿Por qué la presencia de aquel hombre la hacía
sentirse así? No tenía sentido. Era guapo y muy
atractivo, pero también lo eran muchos de los hombres que se hospedaban en el hotel donde ella había
trabajado. Hombres ricos, carismáticos y encantado-
res, a quien no les había hecho el menor caso. Ni
tampoco ellos a ella, desde luego.

Lo miró con atención, intentando responder a la
pregunta. Y su fascinación creció aún más. Seguía
teniendo el pelo negro y brillante, pero algo más
corto. Su rostro... bueno, aquellos pómulos promi-
nentes y aquella mandíbula recia, junto a la sensualidad de su boca y a la intensidad de sus ojos negros... Laura se apretó el pecho.

–¿Qué está haciendo? –preguntó Sue.

–No lo sé –dijo ella sin aire, porque los músculos
de Cassian, que se adivinaban bajo su camiseta ne-
gra, le cortaron la respiración.

–Se ha puesto en forma –susurró Sue–. ¡Vaya!
Fue siempre tan canijo...

No, quiso decir Laura. Él siempre había sido
fuerte y fibroso. Pero no quería discutir en ese momento. Ciertamente, sus hombros y su espalda eran
más anchos, y su pecho era un poderoso triángulo
de puro músculo. Era más que perfecto. Era...

Era el fruto de su propia seguridad e independencia, no como ella, que siempre había tenido que seguir las reglas que los demás imponían.

Deseaba ser como él.

De pronto él se echó a reír y Laura sintió una
punzada en el pecho. Sus dientes blanquísimos con-

tra el bronceado de su piel, el calor de sus ojos... eran irresistibles.

—Eso es lo que yo llamo *sex–appeal* –susurró Sue. ¿Verdad que se parece a su madre? ¿Cómo se llamaba?

—Bathsheba –respondió Laura con voz ronca.

—Un nombre extraño. Le sentaba bien.

—Exótico –repuso Laura.

La madre de Cassian había sido la mujer más hermosa que Laura había visto. Tenía el cabello negro y ondulado, unos ojos que brillaban como cimitarras cuando estaba feliz, y un rostro tan bellamente cincelado como el de su hijo.

Durante los cinco años que Bathsheba fue su madrastra, ni ella ni Cassian supieron mucho de ella. Tía Enid hizo todo lo que pudo por mantenerlos separados.

Y cuando Bathsheba estuvo junto a su padre, Laura comprobó cómo era posible que dos personas no pudieran vivir juntas, por mucho que se amaran. Eran incompatibles y de opiniones enfrentadas, especialmente en lo que se refería a la disciplina de Cassian.

—Recuerdo que Bathsheba y Cassian se esfumaron una noche –comentó Sue.

—Se marcharon una noche –asintió Laura–, sin llevarse nada con ellos. Me pregunto cómo se las arreglaron y dónde vivieron. De todos modos, George nunca lo superó.

Se estremeció al recordar el devastador efecto que la pasión tuvo sobre su padre. George murió de un ataque al corazón.

—Bueno, parece que Cassian sí lo ha superado.

¡Está subiendo por el sendero! –exclamó Sue, mara-villada–. ¡Oh!, ¿por qué tiene que pasar algo así cuando estoy a punto de irme de vacaciones?

–¡Pero si odiaba esta casa! –Laura estaba aterro-rizada–. No puede ser una visita de compromiso. Nunca advertía mi presencia, y a Tony lo detestaba.

Ahogó un grito al oír una llave en la cerradura. Una pausa. Cassian debía de haber notado que la puerta de la cocina no estaba cerrada del todo. Laura no podía respirar. ¿Por qué tendría Cassian una llave?

La puerta crujió al ceder un poco, antes de abrirse por completo.

La cocina pareció llenarse con su imponente pre-sencia, y con la abrasadora furia que la acompañaba. Laura se encogió tras las cortinas, horrorizada y a la vez desconcertada por el impacto que le provocaba su cercanía.

Cassian pasó la vista por la cocina. Parecía echar fuego por los ojos. Y entonces la descubrió.

Capítulo 2

EL OLOR a pan recién hecho lo envolvió antes incluso de abrir la puerta, y le hizo tensar todos los músculos del cuerpo.

Ese olor significa una cosa. Que la casa estaba ocupada.

Se paró, nervioso. Había llegado con la esperanza de estar solo; por eso había dejado a Jai en Marrakech, explorando las montañas del Atlas en compañía de sus amigos beréberes.

Pero para ahuyentar su pasado antes tendría que ahuyentar a ese inesperado inquilino. Furioso con Tony, por no haberle advertido que había alquilado la casa, abrió la puerta con impaciencia y entró en la cocina.

En cuanto pisó la casa donde había aprendido a tratar con el Infierno su corazón se aceleró.

Y entonces vio a Tara.

La sorpresa lo dejó atónito, incapaz de reaccionar por unos momentos.

—¡Tú! —rugió. No podía estar allí. Tendría que haberse ido años atrás...

Ella se estremeció, obviamente sobrecogida por el saludo, y él la observó con el ceño fruncido, imaginando que machacaba a Tony.

—¡Hola, Cassian!

Él dio un respingo al oír otra voz y miró a un lado.

—Sue —dijo. La amiga rubia de Laura parecía muy contenta.

Llevaba un anillo en el dedo. Casada. Había ganado peso; por los hijos o por un estilo de vida cómodo, o por ambas cosas. Su ropa era cara y tenía el pelo teñido.

Pero Sue no le interesaba. Se volvió hacia Laura, que seguía callada y quieta.

—¿Qué.. qué haces aquí? —le preguntó ella finalmente.

Cassian apretó los labios con impaciencia. ¡Ella no lo sabía! Tony no le había dicho a su hermana adoptiva lo que había hecho con la casa que heredó de su padre. ¡Maldita rata! Era egoísta hasta el final.

—Supongo que Tony no te avisó de mi llegada —dijo con dureza.

Laura abrió la boca y él se dio cuenta de que sus labios no eran finos, sino carnosos y suaves, como pétalos de rosa.

—No —respondió ella—. Yo no... no sé nada de él desde hace dos años.

—Ya veo —repuso él.

Laura miró la furgoneta de mudanza y arrugó la frente mientras se mordía el labio inferior.

—No estarás... ¡Oh, no! ¡No! —exclamó retorciendo las manos.

A Cassian lo exasperó comprobar que Laura no había cambiado. Seguía siendo la niña tímida y miedosa. Si sus cálculos eran correctos, tendría que tener unos veintisiete años. Demasiado mayor para darse cuenta de que se estaba perdiendo la vida.

La miró ceñudo y ella se echó hacia atrás. Entonces soltó una exclamación y, agarrando un trapo de cocina, se puso a secar los cubiertos que había en el escurreplatos. Era una reacción totalmente ilógica, pero muy típica en ella.

Cassian se enfureció aún más. Laura siempre había intentado ser el angelito de Enid, sin darse cuenta de que semejante propósito era imposible. Y lo irritaba ver que aún no hubiera salido de su caparazón. Bueno, pues tendría que empezar a hacerlo.

—¿Puedes dejar de hacer eso un momento? —se acercó a ella con expresión adusta.

—Yo... tengo que hacerlo —espetó ella.

—¿Terapia evasiva? —sugirió él con irritación.

Mirándola de cerca, lo sorprendió la dulzura de su rostro. Era menudo y con forma de corazón, con los pómulos marcados y la nariz delicada. Su abundante melena marrón parecía limpia y brillaba al reflejo de la luz matinal, pero tenía un corte horrible.

—No... no entiendo lo que quieres decir —protestó ella.

Había adoptado una postura defensiva, con los brazos cruzados al pecho y los hombros encorvados. Cassian suspiró. No iba a ser fácil.

—Imagino que mi repentina llegada te habrá asustado. No esperaba encontrarme a nadie aquí —dijo suavizando un poco el tono de voz, aunque no tenía intención de ello.

—¡Tony te ha dado una llave! —gritó ella desconcertada.

—Así es.

—¿Por qué?

—Para entrar —dijo él secamente.

–Pero... –tragó saliva y él se fijó en la palidez de su garganta contra el azul descolorido de su camisa desgastada. Era tan holgada que no dejaba adivinar sus pechos. Al notar su mirada, ella se ruborizó y se ocultó con la mano el desastrado cuello.

Cassian la evaluó rápidamente con sus dotes de intuición. Estaba claro que era pobre, y también orgullosa. Sus esbeltas manos estaban ásperas por el trabajo físico. La piel pálida... Debía de trabajar en algún sitio cerrado, y debía de hacerlo de noche, ya que estaba en casa un día laboral por la mañana. O quizá no tenía trabajo.

No estaba casada ni comprometida. No llevaba anillo pero había varias fotos de un mismo niño en la cocina. De bebé, de crío, de niño... Aquello lo intrigó.

–No lo entiendo –dijo ella con voz temblorosa–. La furgoneta... no significará que... que Tony te ha dado permiso para quedarte aquí conmigo, ¿verdad? –pregunto horrorizada.

–No, pero...

–¡Oh! –lo interrumpió ella–. Es un alivio saberlo.

Cassian estaba demasiado distraído con su examen visual para prestar atención al comentario de Laura. La falda era de mala calidad al igual que los zapatos. Pero las piernas eran largas, esbeltas y ligeramente bronceadas.

Sintió un brote de interés pero lo cortó de inmediato. Laura no era su tipo de mujer. Él las prefería más fogosas.

–Laura... –empezó a decir, con un titubeo anormal.

–Espera –saltó ella–. Si no has venido para quedarte, ¿por qué traes una furgoneta de mudanza? —preguntó en tono receloso.

—Iba a explicártelo —contestó él de mala manera.

No quería que Laura estuviese allí, y tendría que marcharse en cuanto le contase la verdad, le gustara o no. Y se la diría de la forma más directa posible.

La miró, irritado de que no insistiera con más vehemencia en saber los detalles.

Quería hacerla vivir, que perdiera su timidez y que dejara salir lo que reprimía. Pero al mismo tiempo sentía la necesidad de protegerla, como si fuese un cachorro o un bebé. Era demasiado frágil y vulnerable. ¿Qué demonios iba a hacer con ella?

En dos zancadas se acercó y la tomó del brazo. Estaba completamente rígida.

—Siéntate —le ordenó, y la hizo sentarse en una silla, manteniendo el brazo en su hombro.

—¿De qué se trata? —susurró ella, mirándolo con ojos temerosos.

Él acercó otra silla y se acercó junto a ella. Al instante ella retrocedió y se cubrió las rodillas con las manos.

Cassian no soportaba verla así, dominada por su pasado y por el continuo menosprecio de Enid. Tenía que salir de su encierro y descubrir la vida. Descubrirse a ella misma.

—Lo que quiero decir, Laura, es que le he comprado Thrushton Hall a Tony, y que no serás tú la que viva aquí. Me estoy mudando ya.

—¿Mudando? —parpadeó confusa. No acababa de entender.

—Eso es. Y tú, Laura, tendrás que mudarte también. Enseguida.

–¡No! –rechazó ella horrorizada–. Esta es mi casa. Es el único lugar que conozco. Tony no me haría esto a mí.

–Sí, lo ha hecho –murmuró Sue–. Es un cobarde repugnante.

–Estoy de acuerdo –dijo Cassian.

–Pero eso es absurdo –dijo Laura–. ¡Yo vivo aquí!

–Ya no.

–He pagado las facturas y he mantenido la casa desde que Tony se marchó. No... no puedes echarnos de aquí.

–¿«Echarnos»? –de repente se fijó otra vez en las fotos.

–Es mi hijo –masculló ella–. Adam –añadió mientras las lágrimas afluían a sus ojos–. Tiene nueve años –vio que Cassian fruncía el ceño, como si estuviera haciendo cálculos–. Sí, por si te lo estás preguntando, lo tuve con dieciocho años –le espetó, histérica.

–Tú y tu hijo –repuso Cassian con calma–. ¿Nadie más vive con vosotros?

De pronto, ella tuvo el deseo de asustarlo, igual que él hacía con ella.

–Estoy completamente sola –respondió en un arranque de ira–. Nunca he tenido un marido, ni siquiera una pareja.

Todo el mundo sabía allí cómo la había conquistado aquel comercial de Leeds. Había visto a una adolescente torpe, nerviosa y aburrida, y le resultó muy fácil engatusarla con sus halagos. La inocencia de Laura, junto a su desesperado deseo de amor, hicieron el resto.

Se estremeció al recordar la única noche que compartieron. Un recuerdo que le hacía tener náuseas y del que se avergonzaría siempre. Lo único bueno llegó nueve meses después, con el nacimiento de Adam.

–Entiendo –dijo Cassian con calma.

–No, no lo entiendes –gimió ella–. Te paseas por aquí, diciendo que has comprado...

–¿Quieres ver las escrituras? –preguntó él, buscando en el bolsillo trasero de los pantalones.

Cuando Laura vio el documento se puso pálida. Se lo arrebató de las manos y leyó las primeras líneas.

La casa era de Cassian. Y ella tendría que marcharse. Le temblaban las piernas.

–¡No! No lo creo –dijo horrorizada.

–No tienes elección.

Sacudió la cabeza. Una furia salvaje se estaba apoderando de ella, y quiso saltar sobre Cassian y aporrearlo hasta que perdiera su compostura.

Sus emociones la aterrorizaban. Parecía estar controlada por un demonio interior, que la incitaba a una violencia incontrolable. Luchó contra la tentación, porque no sabía qué podría pasar si desataba toda esa energía.

–¡No quieres esta casa! ¡Tú no quieres vivir aquí!

–Sí, sí quiero –dijo él sin perder la calma.

–¡Es mi hogar! –se aferró a los últimos restos de autocontrol–. ¡Es el hogar de Adam!

–Creía que la casa era de Tony –se encogió de hombros, como si no le importara nada–, pero en cualquier caso ahora es mía–. ¿Pagas algún alquiler?

–N... no...

—Entonces no tienes derecho a quedarte.

Laura emitió un grito ahogado y se llevó la mano a la boca.

—¡Seguro que sí lo tengo! Debo de tener alguna clase de protección...

—Sería un caso muy caro —admitió él—. Y al final tendrías que irte. Solo ganarías un poco de tiempo —sonrió, como si la estuviera consolando—. Seguro que encuentras otro sitio. Y veras que dejar Thrushton Hall no es tan mala idea a largo plazo.

—¿Qué sabrás tú? —vociferó ella—. En primer lugar, no tengo dinero —por un momento se asustó de esa confesión, pero él tenía que saberlo—. ¡No tengo adónde ir!

Él siguió mirándola imperturbable, y ella supo que las horas en su amado hogar estaban contadas.

—Es verdad. Ha perdido su trabajo —confirmó Sue. Cassian giró la cabeza sorprendido, como si hubiera olvidado que estaba allí—. Pero creo que podría quedarse si...

—No lo niego —dijo Cassian apoyando un brazo en el respaldo de la silla—. Pero tienes que saber que vivir conmigo no es fácil —añadió de forma lenta y pausada.

—¿En qué sentido? —preguntó Sue.

—Soy... una persona difícil —dijo él encogiéndose de hombros—. Me comería su comida, pondría la música muy alta por la noche, cambiaría las cerraduras... —sus labios se torcieron en un gesto provocador—. Laura, no pienso cambiar mi modo de vida por nadie y tengo la impresión de que no te gustaría verme camino de la ducha con tan solo una toalla cubriéndome la...

–¡Por favor! –gritó ella.

–Solo te estoy avisando –murmuró él.

Laura estaba ardiendo de ira. Pero no era furia lo único que la encendía por dentro. Aparte le circulaba otra energía por las venas... Y se resistía a ello; la sexualidad de Cassian era demasiado descarada, y nunca podría conocerla a fondo, ni vivir con él.

–Es inútil. No puedo quedarme aquí si está él –le dijo a Sue–. La convivencia sería imposible.

–¡No te rindas! –le espetó ella–. Laura no puede irse a ninguna otra parte –le dijo a Cassian–. Así que lárgate, bruto egoísta; déjala en paz.

–No me iré a ninguna parte, y no me importa qué insultos utilices –declaró él levantándose–. Voy a mudarme aquí, en cuanto los hombres acaben de comer.

–¿Comer? –Sue miró el reloj de pared y suspiró–. ¡Oh, vaya! Mi cita con el dentista... No importa. La cancelaré. Necesitas apoyo, Laura.

–No –respondió ella con nerviosismo. Esa era su batalla, y Sue solo podía empeorar las cosas. Le había parecido que Cassian se incomodaba ante los gritos de su amiga. Laura estaba segura de que atendería a la lógica, pero que no se dejaría intimidar.

Se puso en pie con toda la dignidad de la que fue capaz, consciente de que su metro sesenta y cinco de estatura no podían compararse con el metro ochenta de Cassian.

Los separaban escasos centímetros, pero el espacio intermedio estaba cargado de agobiante calor. Laura sintió que sus piernas flaqueaban.

–Bien, bien... ¿Me estás retando, Laura? –le preguntó él bruscamente.

El espejismo de resistencia se desvaneció en cuanto Laura vio sus ojos. ¿Cómo podía enfrentarse a él si no tenía nada a su favor?

–Yo... yo...

–Sigues siendo la ratita que se esconde en los rincones, temerosa de que la pisen –se burló él, pero con un tono de pesar en su voz.

–¡Rata inmunda! –le espetó Sue.

–Es verdad –gritó él–. Ni siquiera puede mantenerse en pie por sí misma.

–¡Déjala en paz! –bramó Sue.

–¡No puedo! Ella tiene que marcharse. No tengo intención de alojar a ningún huésped.

Laura gimió y giró la cabeza. El corazón se le llenó de tristeza cuando vio la foto de su hijo.

Era de su noveno cumpleaños, cuando fueron a Skipton a visitar el castillo y a hacer un picnic junto al río. Luego tomaron el té con pasteles en un local acogedor. Fue un plan bastante sencillo y barato, pero muy divertido.

A pesar de todas las recriminaciones que sufrió durante el embarazo, cuando Adam nació Laura descubrió un regocijo y unos sentimientos tan poderosos que compensaron con creces las penalidades que le impuso Enid por su «comportamiento lascivo».

No le importaron porque tenía un hijo propio a quien cuidar y amar.

Laura elevó los hombros. Nunca defraudaría a su hijo. Adam era demasiado débil y sensible, y Cassian no podía echarlos de esa manera. ¿Se imaginaba él que iban a hacer las maletas sin rechistar para vagabundear por los caminos hasta que alguien los ayudara?

–Te equivocas conmigo –le dijo volviéndose hacia él–. Voy a luchar por mi hogar. Lucharé con uñas y dientes...

–Para defender a tu cachorro –repuso él en voz baja.

–¡Por el bien de mi hijo! –lo corrigió ella–. Sue, márchate. Puedo arreglármelas yo sola, y supongo que no querrás ver la sangre que Cassian derrame –murmuró entre dientes.

–Parece que esto promete –dijo él perezosamente.

Laura ignoró su comentario. Obviamente, la situación divertía tanto a Cassian como a ella la preocupaba.

–Vamos, Sue. Márchate al dentista y sácate esas muelas –y empujó a su amiga hacia la puerta.

–¡No puedo creerlo! –exclamó Sue–. Justo cuando se pone interesante. ¡Tengo que verlo!

–Sacaré fotos para ti –murmuró Laura–. Vete, por favor.

–Quiero todos los detalles cuando vuelva.

–Lo que sea. Vete.

Le costó uno o dos minutos conseguirlo, pero al fin Sue se marchó, profiriéndole a Cassian amenazas de todo tipo.

Laura cerró la puerta y se volvió hacia él, temblando como un flan. Adam estaba en el colegio y pasaría esa noche en casa de un amigo, de modo que estaban los dos solos.

Cassian la miraba con los ojos medio cerrados y una leve sonrisa.

–Es un problema, ¿verdad?

–¿Las fotos o la sangre? –preguntó ella con un sarcasmo no muy habitual.

–Tú y yo, juntos en esta casa.

–Tú puedes vivir donde sea. Yo no...

–Tendrás amigos que puedan ayudarte –sugirió él.

–No puedo abusar de ellos –estaba a punto de echarse a llorar.

–No tienes elección.

–¿No lo entiendes? ¡Tengo que quedarme! –exclamó frenéticamente.

–¿Por qué?

–Porque... –se ruborizó.

–¿Sí? –la apremió él.

–Si de verdad quieres saberlo... –no quería confesarlo pero no tenía otra salida–, me asusta irme a otra parte.

–Entonces es el momento de que lo hagas –dijo él irónicamente, arqueando una ceja.

–Hay algo más –dijo ella con la boca seca. Estaba claro que Cassian nunca sabría lo que significaba el miedo o la timidez, y tampoco iba a compadecerse de quien lo sufriera.

–¿Sí?

Ella tragó saliva. Era algo muy personal, pero Cassian tenía que saber lo que le importaba esa casa.

–Mi... –se sentía estúpida revelando sus secretos a un hombre que la miraba con ojos de hielo. Por Adam, se dijo a sí misma–. Mi madre vivió aquí.

–¿Y?

Ella se irritó. Aquello no iba a servir de nada. Aunque si Cassian había querido a su propia madre tendría que entenderlo.

—Cassian, ¿tu madre todavía vive?

—Sí —respondió desconcertado—. ¿Por qué?

Gracias a Dios, todavía tenía una posibilidad.

—¿Sigues hablando con ella? ¿La ves?

—Se casó de nuevo y vive en Francia. Pero sí. La veo de vez en cuando y hablo con ella todas las semanas. ¿Adónde quieres llegar? —le preguntó con curiosidad.

—Imagina que no supieras nada de ella. Ni siquiera qué aspecto tiene. Piensa cómo podría haber sido, sin saber que es una hermosa artista llena de fuego y de vitalidad —los ojos de Laura se encendieron de pasión.

—No veo la...

—¡Así es para mí! —gritó—. Cuando se fue, se borraron todos sus recuerdos —se le quebró la voz e hizo una pausa—. De no ser por el señor Walker no habría sabido nada de ella...

—¿Quién?

—Es un viejo solitario que vive en la aldea. No puede caminar, así que soy yo quien le hace la compra. Cada semana me da la lista y el dinero.

El señor Walker le había dicho una vez que su madre era una mujer encantadora, pero que George Morrison no supo aprovecharlo.

—¿Qué te contó de ella? —le preguntó Cassian, sorprendiéndola con su curiosidad.

—Que vivía la vida con pasión —respondió con una sonrisa.

—¿Algo más?

—Sí, dijo que era amable y hermosa —Laura suspiró—. Supongo que me estaría tomando el pelo, ya que yo no soy así. Cuando le pedí más detalles se negó a dármelos.

–Entiendo –dijo Cassian arrugando el entrecejo.

–Lo que importa es que esta casa me importa mucho más que una simple construcción de ladrillo y piedra –se inclinó hacia adelante, desesperada por soltar las palabras–. ¡Thrushton Hall es todo lo que tengo de mi madre!

–Seguro que sabes algo de tu madre...

–¡No! –¿es que Cassian no la escuchaba?–. No sé nada de ella. No sé cómo es ni por qué me abandonó. ¡No sé nada! El único testimonio que tengo es esta casa. Todo lo demás ha desaparecido, y yo soy su único rastro –lo dijo todo con tanta pasión que sonó casi incoherente.

–No lo creo –murmuró él.

–¡Es cierto! –gritó ella desesperada–. He tenido que recurrir a mi imaginación para verla en esta casa. Aquí es donde debía de fregar, aquí cocinaba –señaló con el dedo varios puntos de la cocina–. Se sentaba a la mesa para tomar el té y contemplaba por la ventana la caída de las hojas en otoño, igual que yo. Si... si me marcho de Thrushton –balbuceó–, tendré que dejar atrás todos esos recuerdos. Y lo poco que tengo de ella es infinitamente valioso para mí –dijo entre sollozos.

Vio que Cassian endurecía la mandíbula y le pareció que tardaba una eternidad en contestar.

–Debes hacer algunas averiguaciones sobre ella –comentó en voz baja y anodina.

–No puedo –replicó ella tristemente.

–¿Asustada?

–Sí –respondió con una mirada siniestra.

–Laura, tienes que saber...

–No puedo –gritó sintiéndose impotente–. Seguro que ha comenzado una nueva vida y no puedo aparecer en su puerta para estropearlo todo. Si tuviéramos que encontrarnos, entonces habría sido ella la que viniera a mí. No puedo ser yo quien tome la iniciativa.

Él guardó silencio, pero Laura sabía lo que estaba pensando: que quizá a su madre no le gustara que le recordasen su error.

Evitó ese horrible pensamiento e intentó adoptar una postura recia, pero hasta un idiota habría visto que estaba temblando.

—Tienes que saber la verdad... —empezó a sugerir él.

—¡No! —se estrujó las manos, frustrada por no hacerle entender el miedo que sentía de conocer a su madre. Tal vez fuera una mujer trivial con una colección de amantes...—. Cassian —dijo escupiendo todo su miedo—. No puedo hacerlo. Yo... no podría soportar su rechazo.

—No creo que...

—¿Cómo demonios lo vas a saber? —chilló—. Me abandonó. Aunque... supongo que sabía que George habría ganado la custodia. Fue él quien se hacía cargo de mí, y además era abogado. Mamá no tenía ninguna oportunidad, y ni siquiera sé si el caso llegó a los tribunales. Nunca lo sabré con seguridad porque nadie me habló jamás de ella —levantó la cabeza lentamente y miró a Cassian—. El señor Walker me dijo que estaba llena de vitalidad. Sabiendo como era tu madre, entiendo cómo a alguien con tanto carácter le desagradara vivir aquí —dijo orgullosamente.

—Laura —Cassian parecía estar incómodo—, todo

esto no tiene nada que ver conmigo, ni es razón para que te quedes. Lo siento.

Entró en el vestíbulo y Laura oyó el ruido que hacían los hombres al acarrear sus pertenencias. Se cubrió la cara con las manos. Había fracasado.

Poco después salió de la cocina, con los ojos enrojecidos por las lágrimas. Cassian apretó los dientes al verla, y siguió organizando sus cosas. Se sentía como si hubiera apaleado a un perrito indefenso.

–Ya está, jefe –anunció uno de los hombres.

–Gracias –dijo él volviéndose hacia los hombres y estrechándoles la mano–. Encantado de haberos conocido.

Sacó su cartera y pagó la factura, junto con una generosa propina. El dinero no lo preocupaba en absoluto. Lo ganaba con la misma facilidad con la que lo gastaba.

Cuando se volvió hacia Laura, la encontró tensa y furiosa.

–¿Qué intentas hacer? ¿Llevarme a un ataque de celos?

–¿Preferirías que los despidiera con un movimiento de cabeza y un gruñido?

–No... Oh, ¡eres imposible!

Él estaba complacido, viendo cómo le brillaban los ojos. Si solo pudiera liberar sus emociones...

–No, solo me rijo por parámetros distintos a los tuyos. Y ahora, ¿te llevaré hasta el suicidio si compruebo que están todas mis cosas?

Ella observó con asombro su escaso equipaje.

–¿Esto... es todo lo que tienes?

–Es todo lo que necesito. Libros, un ordenador y

algunos recuerdos. Aparte de un poco de ropa y algo de comida.

—No te comprendo —murmuró ella.

—Ni tú ni mucha gente. Te diré cuál es mi decisión —dijo bruscamente, apartando la vista de su mirada acusatoria—. He reservado una habitación en un hotel de Grassington, porque no sabía en qué estado estaría la casa. Pasaré la noche allí y tú empezarás a buscar algún alojamiento temporal. Seguro que podrás hospedarte en casa de alguien unos días. Volveré mañana. Para instalarme.

Se giró sobre sus talones, con un estremecimiento al oírla respirar de un modo horrible.

—¡Cassian! —lo llamó desesperada.

Pero él caminaba ya por el sendero, ignorando su llanto.

Laura tenía que averiguar la verdad sobre su madre. Pero antes tenía que aprender a valerse por sí misma. Al obligarla a marcharse la estaba ayudando a encontrar la fortaleza que necesitaba.

Cassian hizo crujir la palanca de cambio y se alejó de allí a toda velocidad. Estaba furioso con ella; furioso por hacerlo sentir como un cerdo.

Capítulo 3

CUANDO volvió a la mañana siguiente la encontró amasando el pan. No pudo evitar una sonrisa al pensar que los golpes que le propinaba a la masa estaban destinados a su cabeza.

Su mirada habría amedrentado a un terrorista pero a Cassian le gustó verla así. Era justamente la reacción que esperaba.

—¿Algún progreso? —le preguntó, yendo directo al grano.

—No —apretó los dientes y siguió amasando con brío—. Por si lo quieres saber, ¡ni siquiera lo he intentado! Y si lo que buscas es café —añadió cuando él empezó a abrir los cajones—, siento decirte que no hay.

Cassian fue a buscar un poco del que había traído en sus bolsas.

—Has hablado con tu hijo, ¿verdad? —le preguntó mientras ponía agua a hervir.

Laura metió la masa en un bol y la cubrió con un trapo.

—Adam está con un amigo —respondió mientras metía el bol en el horno—. No lo veré hasta esta tarde. Además... ¡No puedo decírselo!

—Sí puedes. Eres más fuerte de lo que crees.

—Pero él no.

Empezó a echar tantos ingredientes en un cazo que Cassian pensó que el pastel resultante pesaría una tonelada.

—¿En qué sentido? —le preguntó él con calma.

—En todos —respondió ella echando la harina con cuidado—. Cassian, tú sabes lo que es ser expulsado de un sitio familiar. A ti te encantaba vivir en aquel pequeño barco con tu madre antes de venir aquí. Y odiabas Thrushton...

—No odiaba la casa ni el campo —corrigió él—. Solo el ambiente que se respiraba aquí, con todas esas reglas.

—Bueno, mudarse puede resultar traumático, sobre todo cuando eres niño. ¿Puedes ponerte en lugar de Adam y comprender lo doloroso que puede ser esto para él? —se apartó el pelo con una mano—. Le cuesta mucho hacer amigos. Imagina la pesadilla que sufrirá al cambiar de colegio.

—La vida es dura. Los niños tienen que superar ciertos retos —dijo él pasándole una taza.

—¿Retos? —empezó a amasar la harina para el pastel con la misma furia con la que hizo el pan—. Es muy sensible. ¡El cambio acabaría con él! —gritó con desesperación.

—Espera. Así va a parecer un balón de rugby. Déjame a mí —le quitó el bol de las manos y terminó de remover la mezcla con una cuchara. Luego vació el contenido en un molde y lo metió en el horno.

—Gracias —murmuró ella tristemente.

—Has dicho que tu hijo es muy sensible —comentó él—. ¿Es feliz en el colegio?

—No.

—¿Entonces?

–El cambio sería a peor...

–O a mejor.

–Lo dudo. Es tan nervioso que sería como llevar escrita la palabra «novato» en la frente –se lamentó ella–. ¡No puedes hacerle esto a mi hijo! ¡Es todo lo que tengo!

A Cassian se le hizo un nudo en la garganta que le impidió contestar enseguida.

–¿Y tú? ¿Cómo te sentirás viviendo en otra parte? –le preguntó con voz suave.

–No puedo ni pensar en eso. Amo cada palmo de esta casa, y también el jardín, la aldea, las colinas y el valle. Mi corazón pertenece a este sitio. Si me lo arrebatas –declaró con pasión temblorosa–, me estarás arrancando una parte de mí.

–Siento que os resulte duro –le dijo él cortantemente–. Pero así es la vida. Cuando una puerta se cierra otra se abre.

A Laura le espantó su crueldad. Sus peores pesadillas se cumplían. Se dio la vuelta, con la cara cubierta de lágrimas, y se agarró al respaldo de una silla.

–Esta bien, Cassian –le espetó con furia–. Abre y cierra todas las puertas que quieras. Yo me quedo fuera.

Él esbozó una sonrisa y la miró de arriba abajo.

–Tienes harina en la cara –murmuró.

Antes de que ella se diera cuenta, él le estaba pasando los dedos por la piel.

Cuando le tocó la boca Laura sintió una punzada de calor que le atravesó el cuerpo...

Se esforzó en centrarse, en olvidar el terrible

efecto que tenía sobre ella. La estaba echando, y de nada servirían las caricias.

–Si quieres que me vaya, tendrás que pedirle a los hombres de la mudanza que me ayuden.

–No hay por qué. Te llevaré yo mismo. No creo que esté más allá de mis capacidades.

En apenas un segundo Laura se encontró en sus brazos, a merced de su compasión.

–Si me tocas te arrepentirás –escupió, incómoda con sus emociones traicioneras.

–Sí –dijo él lentamente–, seguro que sí–, le brindó una sonrisa a la vez maligna y seductora, y ella se contrajo–. Pero –añadió–, eso no me impediría hacerlo.

Laura parpadeó, confundida. Había algo que no entendía. Consiguió apartar la mirada de sus ojos y buscó cualquier cosa para distraer la atención.

–¡Lucharé contigo!

–Mmm… en ese caso tendré que atarte muy fuerte, ¿no crees?

A Laura se le secó la garganta y, casi inconscientemente, empezó a ordenar las cosas del aparador. Estaba tan nerviosa que todo se le caía de las manos.

–Vas a romper algo –la reprendió él. Laura sintió un escalofrío en la espada. Cassian estaba tras ella, muy pegado, y podía sentir el calor que emanaba de su cuerpo, como una brisa de verano sobre el valle.

–¡Y a mí que me importa! –exclamó ella haciendo un aspaviento con la mano.

Una figurita salió volando pero Cassian la agarró con pericia y la colocó en el aparador.

–Laura, ríndete. No se puede luchar con lo inevitable.

Ella parpadeó, con la mirada fija en sus manos. Eran grandes y fuertes, pero sus dedos eran largos y delicados.

Tendría que estar horrorizada por su inminente desahucio, pero en vez de eso estaba paralizada por la respiración de Cassian, por el olor a algodón de su camiseta...

–¡Oh, que alguien me ayude! –gruñó ella–. ¡No puede ser imposible! Ten piedad de nosotros –susurró.

–La tengo. Por eso te estoy echando. ¿Vas a querer un camión de bomberos o algo más convencional? –preguntó en tono jocoso, haciéndole girar el rostro hacia él.

Laura estaba temblando, a punto de desplomarse cuando él la agarró. No tenía sentido, pero su cálida sonrisa destrozaba todas sus defensas. Por un instante tuvo la horrible tentación de echarse en sus brazos y besar aquella boca tan sensual, para calmar el hormigueo de sus propios labios.

Abrió los ojos, consciente de su imprudencia. ¡Eso sería una locura! No podía sucumbir al deseo físico y abandonar la decencia que siempre la acompañaba.

Pero no podía controlar las respuestas de su cuerpo, ni las eróticas sensaciones que aparecían en los puntos donde él la tocaba. Era terrible, como si descubriera que la atraía el pecado.

El color se le subió a las mejillas. Tal vez era una ramera. Tal vez su madre había sido... ¡No! Se llevó la mano a la boca, horrorizada.

–Laura –murmuró él.

–¡Déjame! ¡Te lo dije! –rugió ella liberándose de la presión de sus manos–. No quiero que me toques. Vamos a dejarlo todo claro. Si me echas a la fuerza, volveré a entrar.

–Pienso cerrar con llave –replicó él, divertido.

–¡Romperé una ventana!

–¿Y pretendes que tu hijo entre de esa manera?

Laura se mordió los labios. Sus réplicas no servían de nada.

–Entonces, ¿vas a echar a una madre y a su hijo de su hogar? ¿Qué crees que pensará de ti la gente de la aldea?

–Me tratarán como a un leproso. De todas formas, no es algo que me quite el sueño.

Eso era cierto. Cassian nunca se preocuparía por las opiniones ajenas. Había que probar otra táctica para despertar su compasión.

–Adam tiene asma. Puede sufrir un ataque ante una preocupación de este tipo. ¿Quieres llevar el peso de su salud sobre tu conciencia? –le preguntó.

–Eso no sería agradable –reconoció él–. ¿Qué sugieres que hagamos?

–¿Cómo? –preguntó ella.

Con mucha calma Cassian se sentó sobre la mesa, con la mirada fija en Laura.

–He comprado la casa. Quiero vivir en ella y tú también. Eso supone un conflicto de intereses. ¿Qué salida se te ocurre?

Ella estaba perpleja. De ningún modo se esperaba una negociación.

–Dile a Tony que has cometido una equivocación. Que vuelva a comprártela.

–Eso es imposible. Con el dinero de la casa ha pagado a sus deudores, para evitar que lo lincharan de nuevo.

–¿Qué quieres decir? –preguntó ella con temor–. ¿Dónde está Tony? ¿Qué le ha pasado?

–Pareces estar muy preocupada por Tony, teniendo en cuenta lo indiferente que te resultaba –observó él–. Él era el hijo pródigo, el que fue a la universidad, mientras que tú tuviste que dejar pronto el colegio. Y encima no le importaba tu desgracia, porque en su vida no tenías espacio alguno.

–Había una gran diferencia entre Tony y yo –declaró ella cortantemente.

–Seguro que sí. Él era un idiota egoísta y tú te dejabas pisotear por todo el mundo.

–Yo... yo... –sí, tenía que reconocerlo. No era más que un felpudo–. No tenía lazos sanguíneos con nadie de esta casa. Pero fui afortunada...

–¿Afortunada? –ladró él irguiéndose.

–¡Sí! Me educaron y me dieron ropa y comida...

–¡Les estás agradecida por haberte dado lo básico que necesita una persona! Laura, estaban intimidándote continuamente. Te hicieron pagar lo que tu madre le hizo al ilustre George Morris. Te convirtieron en una mosquita muerta, en alguien incapaz de abrir la boca por miedo a decir algo inadecuado.

–¡No te metas con mi familia! –gritó ella, acalorada–. Nuestra vida no es asunto tuyo, y no me importa lo que pienses de mí...

Tragó saliva. No podía negar que sí le importaba. Mosquita muerta... ¿Tan patética era?

Se quedó callada y confusa, incapaz de encontrar una salida. Tal vez si hablara con Tony...

—¡Tony! —recordó con pánico—. Dime lo que le ha pasado.

Cassian tuvo ganas de sacudirla. Laura seguía encontrando justificación en el maltrato que había recibido, y que le había hecho aborrecer la pasión. Pero eso no significaba que en su interior no estuviera hirviendo, y que pequeñas dosis de calor empezaran a filtrarse por las grietas de su armadura. Y esa idea excitaba a Cassian más de lo que hubiera deseado.

Tenía el deseo inexplicable de besarla. No podía entender su reacción. Durante mucho tiempo se había mantenido célibe, a pesar de los tentadores intentos de muchas mujeres.

Hasta entonces había podido superarlo, pero lo de Laura era distinto. Le gustase o no, Laura estaba despertando algo en su interior; y ella ni siquiera lo sabía.

Pero no podía dejar que aquella tentativa madurase. Sería demasiado peligroso para los dos.

Lástima, se dijo a sí mismo. Era una boca tan apetecible...

—Me encontré a Tony en Marrakech... —empezó a explicar.

—¡Marrakech! —exclamó ella, como si le estuviera hablando del planeta Marte.

Para ella, posiblemente, fuera como Marte, pensó él sonriendo.

—Cometió la torpeza de estafar a unos matones y estos le dieron una paliza...

–¿Tienes una casa en Marrakech? –preguntó ella con los ojos muy abiertos.

–No, vivía en una habitación alquilada. Tony compartía cama con Fee, una *stripper*, a quien yo...

–¿Cómo? –Laura abrió aún más los ojos–. Tú... ¿vivías con una *stripper*?

–Con dos. No me acostaba con ellas, si es lo que estás pensando. Vivíamos en la misma casa, pero en habitaciones diferentes. Era genial. Sin cargas ni responsabilidades. Tenía tanta compañía y soledad como necesitaba. No dejes que su trabajo te confunda. Fee es una chica encantadora, con una moral muy rigurosa. Es de Islington. Te gustaría. En sus ratos libres cuida de animales enfermos.

–Me estás tomando el pelo –dijo ella en tono burlón.

–No, palabra de honor. Tiene tan buen corazón que permitió que Tony se quedara.

–Apuesto a que sí. Pero entonces, ¿qué era eso de que «compartían cama»?

–No es lo que parece. Las *strippers* trabajaban de noche, por lo que Tony se acostaba en la cama de Fee. Durante el día, mientras ellas dormían, él se dedicaba a vagabundear por el tejado, que era como una especie de jardín. –explicó.

–Aun así, no entiendo cómo pudieron permitir que un extraño invadiera su intimidad.

–Porque me estaban haciendo un favor a mí.

–¿Oh?

Ese «oh» sonó tan significativo y frío como los de tía Enid, pero Cassian no iba a explicarle a Laura cómo protegía a las chicas de la policía.

–El caso es que le sugerí una solución para sus

problemas económicos y él aceptó. Se sintió muy aliviado de vender la casa, como si no sintiera nada por este lugar.

–No, en efecto –reconoció ella.

–Lo último que supe de él fue que estaba planeando huir a Gibraltar con el dinero que le quedaba –la miró fríamente–. ¿Cuándo te marchas?

–¡No tienes corazón! –le espetó ella.

–Soy práctico, más bien. No me gusta convivir con la gente.

–Sí, lo recuerdo –dijo ella, mordaz–. Cassian –hizo una pausa para reunir valor–, déjame explicarte mi situación.

–Ya lo has hecho, y te ha llevado un buen rato.

–¡Por favor! Dame una oportunidad.

Cassian vio que sus hermosos ojos azules estaban a punto de llenarse de lágrimas, y sintió una punzada de compasión.

–De acuerdo. Te escucho. Pero te advierto que no voy a cambiar de opinión.

Ella esperó unos segundos para calmarse. El futuro de Adam dependía de lo que dijera y de cómo lo dijera.

–Quiero hablarte un poco más sobre Adam –dijo amablemente–. La clase de persona que es, y por qué estoy tan preocupada por él.

Cassian se sorprendió del cambio que Laura había experimentado en su rostro y en su tono de voz. Notó que el corazón se le ablandaba un poco.

–¿Sí? –dijo él de mala manera.

Esa vez su mal tono no la afectó. Estaba concentrada en su hijo. Solo en él, y Cassian percibió el brillo de amor maternal en sus ojos.

–Nació prematuramente. Supongo que fue culpa del trabajo tan duro que realizaba en la casa durante el embarazo.

–Quizá Enid quería que perdieras al bebé –murmuró él.

–Quizá –ella puso una mueca de dolor–. Es una posibilidad. En cualquier caso, era un niño enfermizo y lloraba mucho. Yo estaba siempre atenta a cualquier infección y un día... Oh, Cassian, fue terrible... –susurró.

–Cuéntamelo –la animó él suavemente. Su corazón se estaba poniendo de su parte. La habían maltratado demasiado y alguien tenía que hacerla feliz.

–Tuvo su primer ataque de asma. Pensé que se estaba muriendo. Lo llevaron al hospital y lo mantuvieron conectado a una bomba de oxígeno. Entonces supe que mi hijo era más importante que mi propia vida. Es fundamental que esté tranquilo. Los nervios y la ansiedad pueden provocarle un ataque. Y yo tengo que estar encima para evitarlo. Hice un curso de enfermería –añadió tras una pausa–. Se me daba muy bien pero tuve que abandonarlo. Adam estaba siempre enfermo por lo que no podía dejarlo solo mucho tiempo.

–Es muy duro –reconoció él. Se preguntaba cómo sería conquistar el corazón de una mujer así, tan llena de amor puro.

Sería un infierno, pensó. Ella exigiría la unión total e incondicional.

–No es tan duro –dijo ella–. Adam nunca se queja y a mí... me gusta estar con él.

–¿Cómo saliste adelante? ¿Con la ayuda de los Servicios Sociales?

–¡No! –exclamó sobresaltada–. Trabajé algún tiempo de camarera en un hotel de Grassington, pero el nuevo propietario tiene hijas que pueden hacer mi trabajo –sonrió–. Rubias bonitas con grandes pechos.

Sin poder evitarlo, Cassian bajó la mirada. Esa vez la camisa se ceñía a unos pechos más firmes y exuberantes de lo que él se hubiera imaginado.

Frunció el ceño con disgusto. Ya no era un adolescente, y había visto muchos pechos.

–No puedo culparlo por contratar a su propia familia, ni a nadie por ser hermosa –siguió diciendo ella, sin rencor alguno–. No puedo hacerme ilusiones.

«¡Te deberías mirar al maldito espejo!», pensó él. ¿Cómo podía no darse cuenta de lo que tenía? Pero él no tenía tiempo para convencerla de sus atractivos, ni ella de creerlo.

–Y ahora estás otra vez sin trabajo –dijo él tras una pausa.

—Con un niño enfermizo –añadió ella.

–¿Entonces?

–No puedo pagar ningún alquiler. No tengo dinero ahorrado. Pero estoy buscando trabajo y en cuanto lo encuentre te pagaré por esta casa. Tú no puedes quererla. Se la compraste a Tony para sacarlo de un agujero y...

–Si Tony estuviera en un agujero, me compraría una excavadora para hacerlo más hondo. No lo hice por caridad. Si estoy aquí es porque quiero.

–Pero...

–No hay peros. Esto ya ha durado bastante. Te lo

pondré fácil, Laura. Haz tu equipaje. En cuanto tu hijo vuelva del colegio os llevaré a ambos a un hotel. Me haré cargo de la factura hasta que encuentres un trabajo. Y no admito más discusión sobre el tema.

Se echó hacía atrás, complacido por su generosidad; pero Laura parecía derrotada.

Tenía los músculos de la cara contraídos, en un intento por no llorar. Pero su esfuerzo era inútil y las lágrimas empezaron a asomar en sus ojos. Cassian apretó la mandíbula; tenía que evitar la tentación de dar marcha atrás.

–¡No puedo permitir que nos pagues un hotel! –gimió ella.

–No puedo hacer otra cosa.

–Tengo mi orgullo.

–Igual que todo Yorkshire.

–Es tu venganza, ¿verdad?

–¿Por qué? –Cassian frunció el ceño.

–Por lo que te hicieron Enid y mi padre.

–¡No! –rechazó él, horrorizado–. Yo no...

–Entonces, ¿por qué?

–Eso es asunto mío. Quiero que te vayas. ¿No ves que...?

Pero ella no lo escuchaba. Estaba atenta al ruido de unas pisadas. Alguien se acercaba corriendo por el sendero.

–¡Es Adam! Algo va mal –gritó ella.

Se limpió las lágrimas con los puños y saltó hacia la puerta. Un chico cubierto de barro, con el cabello rubio y despeinado, y con una expresión de horror, se había detenido.

–¡Adam!

Cassian se puso en pie con el ceño fruncido. Por su aspecto, el chico había tenido una pelea, pero no se acercó a su madre ni ella a él. Los dos estaban paralizados, mirándose con preocupación, como si alguna señal invisible les impidiera tocarse.

La lengua viperina de Enid había acabado con la habilidad de Laura para mostrar su amor.

–Me... me he caído –declaró Adam, tratando de ser valiente.

–Oh, Adam... –parecía estar deseando abrazar a su hijo–. Yo... tú... tú... deberías estar en el colegio.

Cassian no pudo aguantarlo más. Apartó a Laura y puso un brazo sobre los temblorosos hombros del chico.

–Una taza de té le vendrá bien –dijo alegremente–. Y luego un cepillo para estos pelos y un poco de cuidado maternal para estas heridas. Menuda caída, ¿eh? –sentó al chico en un cómodo sillón de la cocina y se arrodilló junto a él–. Yo me caí un montón de veces de niño –dijo con una sonrisa–. Parecía estar siempre en el camino de los pies de los otros chicos.

Se tensó cuando la mano de Laura pasó junto a su oreja y le apartó a su hijo el pelo de la frente. Tenía una herida, que Cassian ya había notado. Era un experto en heridas e intimidaciones. Especialmente de las de adultos.

–¡Pobre Adam! –se inclinó y besó con indecisión la herida–. Pondré agua a hervir.

–Gracias, mami –dijo él, y empezó a desatarse los cordones de los zapatos.

Cassian sabía que el niño se estaba conteniendo las lágrimas. Quería ser fuerte y ocultar su dolor.

Decididamente, las emociones estaban prohibidas en Thrushton Hall.

Se le vinieron a la memoria los gritos de George Morris.

«¡Deja de llorar!», le ordenaba a Bathsheba, «no te rías tan alto... No bailes así, es impropio de una mujer casada... Cálmate... No grites».

Era absurdo. Se casó con su madre por su exuberancia, y luego le impuso el silencio que reinaba en la casa.

No era extraño que Laura no pudiera expresar sus sentimientos.

La situación era interesante. Laura y el chico parecían tener una especie de acuerdo tácito. Un mínimo gesto de cariño bastaba para superar una profunda preocupación.

Laura había apoyado la mano en el reposabrazos del sillón, y Cassian percibió que Adam se inclinaba en esa dirección, quedando a escasos centímetros de los inquietos dedos de su madre.

No podía creer lo que estaba pasando. Dos personas necesitadas de afecto acordaban una especie de cariño distante para no tener que ahondar en sus sentimientos.

Y, decidido a enseñarle al chico lo que era el calor humano, le dio un fuerte abrazo y empezó a frotarle calurosamente la espalda.

—Vamos a quitarte estos zapatos y este jersey manchados de barro, ¿de acuerdo?

El chico accedió con preocupante sumisión, y Cassian pensó que Laura se quedaría espantada si viera la relación que mantenían Jai y él. Ninguno de los dos tenía problemas para expresar el amor que sentían.

El deseo de estar junto a su hijo lo sacudió de golpe, y, en un acto instintivo, abrazó a Adam con más fuerza.

—¿Quién eres? .—le preguntó Adam tímidamente.

—Cassian —le respondió con una sonrisa.

Al oír su nombre, el chico dejó de temblar y de llorar.

—¡Vaya! He oído hablar de ti.

—No me digas —dijo él con una mueca, fingiendo un gemido—. Era un chico antipático y malhumorado que no le hacia caso a tu madre.

Pero Adam negó con la cabeza y lo miraba entusiasmado.

—No. Mamá me dijo que sabías el nombre de todas las plantas, insectos y pájaros, y que podías orientarte en el campo con los ojos vendados.

—Tu madre es muy amable al otorgarme esas cualidades —miró regocijado a Laura.

—Cassian ha venido para quedarse —le explicó su madre, mientras le servía una taza de té.

—¡Estupendo! —exclamó el chico.

Cassian miró ceñudo a Laura. Ya discutirían más tarde.

—Bueno —dijo mirando a Adam—. Desembucha. ¿Qué ha pasado?

—Yo... —vaciló, incapaz de contarle una mentira a Cassian. Esperó largo rato antes de seguir. Era el silencio que siempre precedía a una confesión—. Bueno... en el recreo dijeron que mi madre era una estúpida pobre y blandengue... como yo —hizo otra pausa, y Cassian rezó para que Laura no dijera nada.

El chico necesitaba silencio. Afortunadamente, su madre no dijo nada y él continuó–. Intenté ignorarlos, como me dice siempre mamá, pero entonces me tiraron sobre las ortigas y me quitaron la bolsa de la comida.

Las lágrimas le cayeron por las mejillas y Cassian sintió una punzada en el corazón.

–¡Oh, cariño! –sollozó Laura y, para sorpresa de Cassian, lo apartó y abrazó torpemente a su hijo. También estaba llorando.

Cassian se levantó. Sirvió otras dos tazas de té y sacó el pastel del horno. No podía ver a Laura intentando reprimir su llanto mientras acariciaba a su hijo.

Necesitaban apoyo y amor. Alguien que les ofreciera seguridad. Las intimidaciones lo ponían enfermo de rabia, de resentimiento, de pena... y le recordaban viejos traumas.

A él también lo habían intimidado, escupido y golpeado. George Morris y otros chicos mayores de la escuela. El sentimiento de impotencia lo hacía enloquecer.

Y en esos momentos se sentía dolido por Adam, y maldecía a aquellos que lo habían agredido por ser débil y no cumplir sus «normas».

No podía soportarlo. Quería abrazar a Laura y a su hijo, quería prometerles que él se ocuparía de todo y que no les volvería a pasar nada malo. Quería secar sus lágrimas y verlos sonreír...

Notó que él mismo estaba temblando, aunque no sabía si era de miedo o de exaltación.

Lo que sí sabía era que no podía echarlos... no por el momento.

Estaba caminando sobre terreno resbaladizo. Detestaba la convivencia con otras personas. Pero el deseo de darles un respiro a Laura y a Adam era demasiado poderoso. No podía negarlo. Le importaban.

Y para un hombre que amaba su libertad eso era un serio problema.

Capítulo 4

LAURA removió enfadada las cacerolas y sartenes para preparar un almuerzo con los restos.

No se podía creer que Cassian hubiera conseguido que Adam subiera a bañarse, y que encima lo hiciera riéndose y no protestando, como siempre.

Pero antes de que pudiera seguir pensando, Adam bajó las escaleras vestido con un viejo jersey y unos vaqueros descoloridos. Parecía impaciente por que Cassian lo curara con su maletín de primeros auxilios. Cassian le había prometido que usaba un remedio a base de hierbas, que él mismo se aplicaba cuando escalaba las montañas.

Cuando vio a su hijo luchando por ser valiente, no supo qué hacer. ¿Respetar su bravo intento o responder a su instinto materno?

Desde que Adam rechazó su intromisión por primera vez, habían acordado tácitamente que él superaría las intimidaciones por su cuenta.

Pero Cassian había alterado esa regla, y encima su táctica de firmeza, humor y compasión parecía haber surtido efecto.

Mezcló las cebollas, las zanahorias y el queso con la carne picada. Adam tendría que estar sentado, con los hombros encorvados y con fuertes convulsiones, clamando por su inhalador, como siempre que ocurrían situaciones así.

Pero en vez de eso se estaba riendo con los relatos de Cassian y sus aventuras en el Himalaya, cuando se cayó desde veinte metros de altura y fue a parar a un montón de estiércol de yak.

–Tendríamos que avisar al colegio de que estás aquí, Adam –dijo, interrumpiendo las historias de Cassian.

–Llama después de comer –sugirió Cassian.

–No tenemos teléfono –replicó ella–. Es muy caro. Tendré que ir al colegio y...

–Eso es absurdo –protestó él–. Está a más de cuatro millas. Puedes usar mi móvil o llevarte mi coche.

–Usaré el móvil, gracias.

–Mamá no sabe conducir –explicó Adam.

–Tal vez debería enseñarle –gruñó Cassian.

Se produjo un silencio incómodo. Laura miró a Cassian, aturullada por su comentario. Y él también parecía un poco sorprendido, al igual que Adam. Laura sabía que su hijo deseaba que aprendiera a conducir. Pero ¿de qué serviría si no podía comprar un coche?

–No les contarás lo que ha pasado, ¿verdad, mamá? –le preguntó Adam ansioso.

–No puedo permitir que te hagan esto... –empezó a decir ella.

–¡Por favor! –suplicó él–. Lo empeorarás todo.

Ella lo miró, sin saber qué hacer. Y, sorprendentemente, se volvió hacia Cassian y le preguntó si tenía alguna solución para el problema.

–A ti también te intimidaron –le dijo en voz baja,

recordando las ropas rasgadas y las heridas. Siempre le decía a tía Enid que había tenido una pelea, pero nunca pidió ayuda. Y de repente las agresiones acabaron–. ¿Se te ocurre algo?

–Yo no aceptaba la ayuda de los adultos –repuso él–. Pero era porque quería valerme por mí mismo. No hay una única solución. Todo depende de la persona. Adam, si te crees capaz de ser el ganador en vez de la víctima, adelante.

Era muy inteligente, pensó Laura. De pronto se dio cuenta de que Cassian podía ayudar mucho a Adam. Se estremeció al imaginar que formaba parte de sus vidas...

–¿Cuánto tiempo vas a quedarte? –le preguntó Adam.

–Una temporada. Me mudo esta noche –respondió él con una sonrisa.

–¡Estupendo!

Laura miró a Cassian y lo descubrió mirándola a ella. Se mordió el labio, sintiendo otra vez el extraño hormigueo.

–... sí, tenía doce años cuando vine por primera vez a Thrushton –estaba diciendo.

–¿Te gustó? –le preguntó Adam.

–Odiaba a tía Enid, pero me encantaba Thrushton –respondió él sinceramente.

–¿Por qué? –Adam soltó una risita.

–Lamento decir que Enid era una bruja. Era una mujer severa y despiadada, que no soportaba a los niños. Le hubiera gustado que nacieran con un título de silencio y obediencia bajo el brazo.

–¡Cassian! –lo reprendió ella.

–Todavía puedo oír su voz de bruja –siguió di-

ciendo él con voz alegre–. Su palabra favorita era
«no». Su lengua estaba impregnada de veneno de
serpiente, y rechinaba los dientes de una manera que
podía triturar en sus mandíbulas al mismo Termina-
tor.

Adam se echó a reír

–Pero te gustaba Thrushton –remarcó.

–Oh, sí. Ahí fuera hay un paisaje fabuloso. Salvaje, libre, despejado... Mil veces mejor que estar
encerrado en este cubículo, ¿no crees?

Laura tragó saliva. Estaba aturdida por las palabras de Cassian. No solo se escapaba para huir de
los límites de la casa. Al igual que ella, había encontrado en el valle algo especial...

Escucho pensativa cómo Cassian respondía a
las incesantes preguntas de Adam. Le hablaba
como si fuera un adulto, y su hijo pronunciaba mucho más que sus acostumbrados monosílabos.
Aquello no le gustaba a Laura, y tampoco le gustaba que la profunda voz de Cassian pareciera estar
acariciándola.

–A veces te empaparías hasta los huesos de estar
vagando durante días –dijo Adam–. ¿No era desagradable?

–No siempre me mojaba –respondió Cassian
riendo–. Gracias a las flores y a las arañas. Hay
flores que se cierran cuando va a llover, y las arañas solo tejen sus redes si hace buen tiempo. Y
hay otros muchos signos. Por ejemplo, una puesta
de sol rojiza indica que el tiempo será seco, y una
amarilla que será húmedo. También puedes verlo
en las nubes. Algún día te enseñaré a interpretar-
las.

«Algún día». Las esperanzas de Laura crecieron con esas palabras.

–¡Estupendo! Pero ¿qué comías? –preguntó Adam lleno de admiración.

–Normalmente, truchas. Te sitúas río abajo, aproximas una luz al agua y los peces acuden en tropel. Hay mucha comida en el campo, si sabes dónde buscar. Te prestaré un libro que enseña a encontrar comida en la Naturaleza. Pero no te confundas –le advirtió–. No todo el mundo puede pasar varios días ahí fuera. Yo no corría riesgos innecesarios, Adam. Antes que nada, aprendí las técnicas de supervivencia, hasta que fui capaz de encender una hoguera en medio de un vendaval.

–¿Quieres decir que pasaste semanas preparándote porque estabas decidido a huir de tía Enid? –le preguntó Laura con asombro.

–Fueron dos años de esfuerzo –repuso él–. ¡Quería escapar, no morir! –añadió con una sonrisa–. Era maravilloso pasar la noche bajo las estrellas. El silencio era impresionante.

Adam se acercó más a su nuevo héroe, lo que preocupó un poco más a su madre. No quería que emulara las proezas de Cassian.

–¿No tenías miedo? –preguntó Adam.

–A veces. Sobre todo en las noches cerradas cuando no encontraba el refugio. Pero nunca me perdí. Empecé con recorridos cortos, y poco a poco los fui alargando. Y cada nuevo éxito me hacía más fuerte.

–¿Y... er... no eras popular en el colegio? –insistió Adam.

Laura contuvo la respiración.

–No –respondió Cassian amablemente–. Yo era distinto. A los chicos no les gusta la gente que se mantiene apartada. A mí me pusieron en el grupo de los niños con gafas y de los gordos, lo cual nos hacía el blanco perfecto para los abusos. La intimidación es algo muy primitivo en el ser humano, Adam. Forma parte de nuestro instinto de supervivencia. Los extraños son rechazados para asegurar la conservación de los más dotados. Así ha sido desde el Neolítico, pero desafortunadamente, la civilización no ha conseguido llegar a muchos cerebros primitivos –terminó con una sonrisa y Adam se echó a reír.

–¿Qué hacías cuando te intimidaban? ¿Qué haces?

Laura se puso rígida. Su hijo parecía confiar en Cassian más que en ella misma.

–Aprendí sobre el dolor –respondió él tristemente.

–¿Nada más? –preguntó Adam, decepcionado.

–¡Mucho más!

–¿El qué? –Adam se apretó contra el cuerpo de Cassian. A Laura le dio un vuelco el corazón.

–Bueno, ya sabes que mi solución no tiene por qué ser la tuya –Adam asintió en acuerdo–. Tú tendrás que tratar con tu propio problema y hacer lo que quieras para...

–¡Para ser fuerte! –exclamó Adam.

Cassian asintió y le pasó un brazo por los hombros. Entonces Adam levantó su enclenque brazo y se puso a palpar los bíceps de Cassian. Laura se quedó estupefacta. No recordaba que su introvertido hijo hubiera tocado jamás a nadie.

–Pues lo que hice fue entrenarme duro –confesó Cassian marcando sus músculos. A Laura se le secó la garganta, fascinada–. Talaba árboles, recorría millas, subía colinas. Al principio resoplaba como un tren de vapor, pero con el tiempo iba aumentado la marcha. Me ponía a cargar y a arrojar piedras donde nadie pudiera oírme gritar de frustración. Supongo que son las cosas que has decidido hacer tú.

–¡Sí! –a Adam le brillaban los ojos.

A Laura le dolió que su hijo hubiera encontrado en otra persona un rayo de esperanza, pero al mismo tiempo sentía admiración por la táctica de Cassian.

–Me lo figuraba –dijo Cassian bostezando–. Por suerte aquí tienes todo lo que necesitas. Troncos, colinas, rocas... –miró a Laura, quien parecía estar soldada al suelo, con la cacerola en la mano–. Por ahora puedes empezar a mover los músculos si trituras las patatas –se levantó del sofá–. Mientras, buscaré algo de postre.

–¿Yo? –Adam se quedó con la boca abierta y Laura estuvo a punto de decir que era ella quien se encargaba de todo–. Vale. Er... ¿qué hago, mamá?

–Prueba.

Le tendió el triturador, y mientras él se afanaba en la tarea, ella echó un poco de mantequilla en la cazuela y le añadió los condimentos. Cassian sacó un plato del armario y lo llenó de frambuesas.

–Siéntete como en casa –le dijo a Cassian en tono sarcástico.

–Estoy en mi casa, ¿no? –murmuró él, y se volvió hacia Adam–. ¡Lo estás haciendo muy bien! –le dijo antes de que Laura pudiera criticar el aspecto de las patatas–. Veo que has machacado casi todos los pedazos.

Adam lo miró preocupado y siguió triturando. De una manera hábil, Cassian había conseguido que fuera el chico quien decidiera que el puré no estaba listo del todo.

–Un penique por tus pensamientos –le murmuró Cassian a Laura, poniéndole una mano en la espalda.

Ella sintió el fuego en el cuerpo. No era más que un roce, pero tenía el corazón desbocado.

Se volvió a medias y vio el rostro de Cassian a muy poca distancia del suyo.

–Mis pensamientos valen más que eso –dijo alegremente–. Gracias.

–¿Por qué? –preguntó él arqueando una ceja.

Tenía una boca extremadamente sensual...

–Por enseñar a Adam a hacer el puré –dijo con dificultad.

–Ha sido un placer –apretó un poco más la mano y se apartó, dejándola con un vacío que ella se moría por llenar. Con él. Quería tenerlo cerca, que la tocara, que la mirara...

–¡Inspección! –ordenó Adam tendiéndole la cazuela.

–¡Vaya! –exclamó ella, de vuelta a la realidad–. Está muy bien. ¡Que se echen a temblar los mejores cocineros del mundo!

–El pan tiene un olor delicioso –dijo Cassian–. ¿Te apetece un poco de vino?

Ella sonrió, motivada por un impulso hedonista. El vino era un lujo.

–Sí, por favor –dijo, y le tendió una cuchara de servir a Adam–. Toma. Extiende el puré por la carne y añade el queso. Luego ponte los guantes y mete el plato en el horno. Déjalo hasta que se gratine, cuando el queso esté tostado. Yo voy a tomarme un descanso y a deleitarme con los lujos de la vida.

Se sentó en el sillón, rebosante de felicidad, mientras Cassian descorchaba la botella. Lo veía más relajado y comprensivo, y sabía que su suerte había cambiado. Adam y ella podrían quedarse una temporada, y quizá encontrasen un modo de compartir la casa hasta que Cassian se cansara de vivir allí.

Tal vez pudiera hacersc ella cargo del trabajo doméstico. Ningún hombre rechazaría una sirvienta gratis.

Lo observó mientras se pasaba la botella bajo la nariz, absorto en inhalar su olor. Lentamente, llenó dos vasos y le tendió uno a ella.

Cuando lo agarró, sus dedos chocaron con los de Cassian y ella se ruborizó. Por fortuna, él no le prestó atención y se sentó el sofá, concentrado en el vino. Comprobó su color, lo olió de nuevo y tomó un pequeño sorbo.

–¿Qué te parece? –le preguntó, como si le importase su opinión.

–No sé nada de vinos –confesó ella, dando un sorbo y luego otro.

–Pero tendrás gusto en el paladar –gruñó él–. Describe lo que sientes.

–Siento calor. De cocinar –dijo esquivando el tema y sin añadir que él contribuía a ese calor. Cassian permaneció callado, y ella se concentró en encontrar las palabras adecuadas, mientras sentía el placer del alcohol en su interior–. Me gusta su olor. Hace que me sienta rica.

–¡Déjame olerlo, mamá!

Laura se echó a reír y le tendió el vaso a Adam, quien lo olió y dijo que era millonario.

–No está muy lejos de la verdad –reconoció Cassian–. No hay nada como la buena comida y el vino para amar y ser amado.

Laura sintió una punzada en el pecho. Nunca había pensado que el lobo solitario encontrase a su alma gemela. Pero Cassian no llevaba anillo, ni hubiera permitido que una mujer le cortase su libertad.

–Yo tengo a mamá –dijo Adam–. ¿A quién tienes tú?

–A mi hijo –respondió él suavemente.

–¿Tu hijo? –Laura estuvo a punto de derramar el vino.

–Jai. Tiene diez años.

–¡Yo tengo nueve! –exclamó Adam, y empezó a acosarlo a preguntas.

Por eso se le daban tan bien los niños, pensó Laura, pero ¿qué pasaría con su pareja? Con esa mujer que lo había conquistado, que lo había desnudado lentamente y...

Tragó saliva. Los celos no tenían sentido, aunque ella deseaba estar cerca de Cassian... quizá porque sería maravilloso conquistar a alguien tan fuerte y seguro de sí mismo. Alguien cuyos besos la hiciera sentir única entre las mujeres.

Cielo santo... ¿Qué le estaba ocurriendo?

–¿Marrakech? –el grito de Adam la hizo saltar.

Cassian abrió el horno y sacó el pastel, y luego preparó una cacerola para los guisantes. Cualquier cosa para evitar la mirada de Laura. Sabía que lo estaba observando, y todo su cuerpo lo incitaba a ir hacia ella y saciar el deseo en sus labios... Algo propio de un suicida.

–Sí –respondió, esperando a que hirviera el agua–. Jai está de excursión por el Atlas con unos amigos. Dentro de un par de días lo montarán en un avión y vendrá para acá.

–¿Un chico de diez años viajando solo? –preguntó Laura. Parecía que los ojos se le iban a salir de sus órbitas–. ¿No crees que esa independencia va demasiado lejos? Le puede ocurrir cualquier cosa, Cassian. Hay gente muy mala por ahí que...

–Concédeme el derecho de educar a mi propio hijo –la interrumpió él irritado–. Puede que le haya encargado a alguien que lo vigile. Puede que esté asustado por el viaje. Puede que haya viajado ya por su cuenta y sepa cómo cuidarse –apretó la mandíbula–. O puede que no me importe si es atacado, raptado o abducido por...

–Vale, vale, lo siento –musitó ella.

Él soltó un gruñido y cerró la bolsa de los guisantes. Tal vez su reacción hubiera sido desproporcionada, pero no permitía que nadie se interfiriera entre Jai y él.

Cassian sabía cómo educar a un niño. No haciéndoles pelar patatas, como hizo él en esa misma cocina, sino otorgándoles cada vez mayor responsabilidad. Tenían que aprender poco a poco nuevas habilidades. El conocimiento era el poder.

Le pidió a Adam que guardara los guisantes en el

congelador, y así tuvo la oportunidad de enfrentarse con Laura.

–Parece que vamos a pasar juntos una temporada. Mientras más corta sea mejor. Pero mientras convivamos bajo el mismo techo guárdate tus opiniones sobre Jai. Tenemos nuestro propio estilo de vida y nos gusta. No quieras incordiarlo con que tiene que abrigarse porque hace frío, ni le prohíbas cocinar si le apetece. Él hace lo que es capaz de hacer, ¿está claro? –preguntó secamente.

–Siempre que su comportamiento no afecte a Adam –replicó ella.

–Tal vez eso fuera algo positivo.

Ella se enfureció, tal y como él esperaba.

–¿Cómo te a...? –se calló cuando Adam volvió–. ¿Cuándo hay que retirar los guisantes? –fue capaz de rectificar a tiempo pero sus ojos reflejaban su enfado.

–Ahora –Cassian sintió una leve sensación de triunfo.

Retiró la cazuela del fuego y escurrió el agua. Pero no podía dejar de pensar en besarla apasionadamente. Tal vez así consiguiera que se relajara un poco. Y ella y su hijo empezarían a vivir.

Ella se acercó y se puso a mover los platos. Él se lo permitió, porque de otro modo la agarraría con fuerza para besarle el esbelto cuello y despeinarla por completo.

Quería arrugarle la ropa, murmurarle palabras seductoras al oído, excitarla más allá de sus remilgadas respuestas... hasta que gritase su nombre y suplicara por más.

De locos. La fascinación de lo inalcanzable. O tal vez fuera su necesidad de liberar la energía sexual. Pero para ello necesitaba a una mujer que solo quisiera diversión, no a una reprimida nerviosa como Laura, que seguramente esperaría un anillo en el dedo.

Se sentó a la mesa y trató de responder a las preguntas de Adam lo mejor que pudo. El chico era simpático pero muy vulnerable. Y Cassian no podía soportar que un niño se sintiera inferior a los demás.

Igual que Laura. Cassian arrancó un pedazo de pan recién hecho y lo masticó con irritación. Laura lo molestaba desde que la vio por primera vez, con esa vocecita insegura. Si su madre no le hubiera prohibido acercarse a ella, la habría obligado a endurecer su carácter. Aunque todos se habrían imaginado que no estaban haciendo nada bueno.

Llenó el plato de Laura y el suyo. No estaba acostumbrado a la compañía, por lo que se presagiaban unos días terribles. Tampoco era su costumbre andarse con rodeos, aunque si fuera directo al grano, Laura y él estarían acostados mientras Adam se machacaba haciendo pesas en el jardín.

—¿Está bueno el pastel de carne? —preguntó Laura con voz ansiosa. Cassian no había tocado el plato aún.

—Sí, está muy bueno —respondió apresurándose a probarlo—. Y el pan también.

—Me alegra que te guste —dijo ella sonriéndole.

Él se vio sacudido por esa sonrisa. Esa mujer era terriblemente vulnerable. Una palabra equivocada y le infringiría una herida grave.

–Voy a salir –anunció al acabar de comer–. Si me disculpáis...

–Pero... ¿y tu pudin? –exclamó ella.

–No es obligatorio tomarlo –suspiró impaciente. Otra vez como si golpeara a un perrito...

–Pero... todavía no has deshecho las maletas –observó ella con voz dudosa.

–Ya lo sé –dijo irritado–. Pero eso puede esperar y yo quiero caminar –y salió, antes de que ella pudiera arrojarle otra soga convencional al cuello.

Aquello no iba a funcionar, se dijo a sí mismo mientras se cambiaba de botas. Laura y él no vivían en el mismo mundo. Tendría que conseguir que se marchara, antes de que hiciera algo de lo que se arrepentiría el resto de su vida.

O también podía revender la casa. Tal vez comprarla hubiera sido una equivocación.

Se puso en camino a paso rápido, intentando alejarse de su frustración.

Tres horas después, sintió de nuevo la magia de los montes. Dejó atrás las ruinas medievales de la mina de Thrushton y cruzó el estrecho puente del siglo XIV. Le encantaba seguir las huella de la Historia. Casi podía oír los lamentos de los dolientes al llevar un cuerpo a la iglesia, y sintió una enorme felicidad de estar vivo cuando llegó a lo alto de la colina y vio a sus pies el río Wharfe, resplandeciente bajo el sol de la tarde.

El aire era fresco y límpido, y en el cielo volaban bandadas de golondrinas. Abrumado por las poderosas emociones que le sacudían el corazón, se sentó al borde de una calzada, observando cómo una serpiente perseguía los últimos rayos de calor.

Cerró los ojos, extasiado por la belleza del paraje. Tal vez ese fuera el lugar para establecerse. Para echar raíces...

Se vio a sí mismo plantando flores en el jardín y alimentando a las gallinas. Y entonces, desequilibrado por semejantes fantasías, se levantó y se dirigió hacia Grassington, decidido a beber o a ligar un poco.

–Puedo vivir aquí –se repitió como si fuera un mantra–. Pero no quiero veme en zapatillas y fumando una pipa.

La cerveza de Grassington era buena, pero las mujeres no tanto. Aunque algunas lo reconocieron, y le lanzaron miradas insinuantes. Él levantó su jarra a modo de saludo y permaneció frío y distante. Solitario. No sentía nada. Ni deseo ni excitación ni interés.

Lo peor de todo era que las comparaba con Laura. Su belleza templada, sus ojos del color del cielo mediterráneo, sus labios vírgenes, el cuerpo de una sirena y la inocencia de un ángel...

Una mujer única, que necesitaba mostrar toda su pasión a un hombre en quien pudiera confiar. Y él quería ser ese hombre, aunque sabía que no podía darle lo que ella deseaba. El matrimonio. Seguridad. Dos o cuatro hijos, una hipoteca y el ritual de lavar el coche cada sábado después de hacer la compra.

Por eso tenía que mantener el control de sus emociones, y evitar un desastre.

Sumido en sus pensamientos caminó río abajo. Conocía tan bien el camino que le bastaba la poca luz que ofrecía la luna.

Dejó que los sonidos de la naturaleza despejaran su mente: el suave fluir del agua, el canto de las lechuzas, los tejones royendo las raíces... Placeres que el dinero no podía comprar.

No regresó hasta pasada la medianoche. Entró en silencio y respiró profundamente. Tenía que enfrentarse con esa siniestra oscuridad y desterrar las memorias, para que solo permanecieran la argamasa y las piedras.

Capítulo 5

LAURA no podía dormir. La incomodaba que Cassian se hubiera marchado sin elegir habitación y sin deshacer las maletas. ¿Se imaginaba que podía despertarla de madrugada para pedirle sábanas y almohadones?

De modo que permaneció despierta para comunicarle que le había preparado una cama en una habitación trasera.

Al fin lo oyó entrar. No hizo ruido al abrir, pero ella estaba atenta al menor ruido. Se puso la bata sobre el camisón corto y se anudó fuertemente el cinturón.

Pero él no estaba subiendo las escaleras, sino que se abrió la puerta del estudio. ¿Qué estaría haciendo?, se preguntó ella, disgustada.

Agudizó el oído pero durante un rato no se oyó nada más. Entonces le llegó el ruido de pisadas en el vestíbulo y de un pestillo al abrirse. Era la puerta del comedor.

Bueno, si era dinero lo que buscaba iba a llevarse una gran decepción, pensó ella. La curiosidad la hizo asomarse al borde de la escalera y lo vio deslizarse cautelosamente hacia la salita. Con sumo cuidado bajó los escalones y entró en la sala.

Su espalda se recortaba contra la débil luz que se

filtraba por las cortinas. No parecía que estuviese buscando nada. Más bien parecía estar atento, escuchando algo.

El instinto le dijo que estaba reviviendo los recuerdos de esa casa.

Sin saber que estaba siendo observado, Cassian se puso a examinar la salita con meticulosa lentitud. Cuando se fijó en la chimenea, Laura notó que estaba rígido.

—¡Cassian! –lo llamó, preocupada.

Dio un respingo y se volvió hacia ella. Tenía los ojos brillantes.

—¡Esto es privado! –dijo furiosamente.

Ella se sintió como una intrusa en su propia casa.

—Pero...

—No me molestes. ¡Déjame en paz! –le espetó.

Respiró profundamente y se acercó a la chimenea. Tomó un leño de la pila y lo mantuvo en sus brazos, olfateando el olor a resina. Lo colocó de nuevo en su sitio y apoyó la mano en el dintel de granito.

Laura tragó saliva. Sabía lo que Cassian estaba pensando. Había cortado leña bajo todos los climas posibles, y nunca se había quejado a su madre. Bathsheba siempre estaba absorta en su pintura, pero a Laura le costaba entender por qué Cassian sufría en silencio.

—Yo corté esos troncos –dijo ella, desesperada por aligerar la tensión–. Mi técnica ha mejorado con los años.

—No estoy de humor para charlas –dijo él sin mirarla–. Vete, por favor.

—Pensé que era mejor esperar por si...

—¡No soy un niño!

—Pero te he preparado una cama —protestó con voz temblorosa—. Creía que no sabías dónde dormir... —el suspiro de irritación de Cassian le rasgó la voz.

—Eso no importa. Puedo dormir en el sofá —dijo él con desprecio.

—Pero hubieras estado muy incómodo...

—¡Laura! Ese es mi problema, no el tuyo. Pensé que me conocías mejor —le reprochó.

Ella enmudeció de asombro. Solo quería complacerlo, y no sabía lo que estaba haciendo mal.

—No te metas en mi vida —siguió él—. Y no intentes que siga tu maldita rutina.

—Solo estaba siendo atenta —replicó ella.

—Ya lo sé. Maldita sea. ¿Cinco años viviendo juntos y no sabes nada de mí?

—No nos juntábamos mucho —dijo ella malhumorada. Siempre deseó lo contrario.

—De acuerdo, ha sido un malentendido. Estabas siendo amable, pero no se me hubiera ocurrido que pensabas cuidar de mí. Pensé que me conocías mejor, así que no puedes culparme por apartarte.

—No, supongo que no —murmuró ella.

—No sé por dónde empezar —suspiró—. Escucha, sé que es difícil comprender mi modo de vida pero por favor, no creas que tienes que cuidarme. He dormido en el barro de las montañas. Sé cuidar de mí mismo y no me gusta que me mimen. Soy un adulto y puedo hacer lo que me apetezca, incluso pasar la noche en vela o dormir al raso.

Laura empezaba a comprender su punto de vista. Era un hombre independiente, pero por desgracia, los hábitos no se podían eliminar fácilmente, y tener invitados en casa suponía cuidar de ellos.

–Entiendo –dijo con voz apagada.

–Sé que soy una persona difícil, Laura –dijo él tristemente–. Te lo advertí. Heredé de mi madre el rechazo a la planificación.

–¡Oh, sí! –ella sonrió y alzó la mirada–. Recuerdo cómo le gritaba a papá sobre eso. No lo haré más –prometió–. Puedes organizarte tú mismo en el futuro. Pero... si pasas por la habitación trasera verás que tienes una cama preparada.

–Gracias. Aprecio tus atenciones. Buenas noches.

Lo dijo sin sonreír y ella supo que quería estar solo.

–Buenas noches –dijo ella sin querer marcharse.

Estuvo a punto de decirle a qué hora servía el desayuno, pero se contuvo y salió de la salita.

–¡Demonios! –lo oyó murmurar–. Dame fuerzas...

Laura prestó atención. ¿Estaba pidiendo fuerzas para soportarla a ella?

–Es un armario –lo volvió a oír.

El corazón le dio un vuelco. El armario. Lo habían castigado allí más veces de las que ella podía recordar. Un armario sin luz, con un suelo helado y arañas enormes.

Cassian se estaba poniendo a prueba. Antes de poder quedarse allí, tenía que aceptar lo que había sufrido en Thrushton Hall.

Pero si conseguía superar los malos recuerdos que llenaban los rincones... ella se quedaría sin hogar.

Ojalá los ecos de su padre adoptivo y de tía Enid fueran demasiado poderosos para él.

Pero aunque ese deseo le rondaba por la cabeza,

sabía que tenía que ayudarlo, y nada iba a impedir que le ofreciera consuelo, ni siquiera su desprecio.

Sin hacer ruido, volvió junto a la puerta, oculta entre las sombras.

Como se imaginaba. Cassian estaba de pie frente al armario, con los puños apretados. Ese había sido su infierno particular.

Atravesó el espacio que los separaba y se aproximó tanto a él que sus brazos llegaron a tocarse. Él no dijo nada, y ella notó que parecía relajarse un poco.

—No lo hagas —le susurró—. Ahora no.

—Debo hacerlo.

Sobrecogida por su respuesta, le posó una mano en la espalda. Miraba al infinito, recordando las humillaciones, las palizas, los castigos que marcaron su pasado.

Entonces él se adelantó y abrió la puerta del armario. A Laura se le hizo un nudo en la garganta. Vio que Cassian estaba pálido y que gotas de sudor le caían por la frente.

—¡Oh, Cassian! —susurró, llevándose la mano a la boca.

Durante un largo y agobiante momento permaneció callado, con la mirada fija en las sombras del armario. Laura recordó su propio horror cuando él asumía su castigo con indiferencia, entrando en su celda con la cabeza alta, como si fuera un paraíso.

—Cassian...

—Enciérrame dentro.

—¿Qué? —se quedó horrorizada.

—Hazlo.

Entró en el armario y se volvió para mirarla.

–¡No! –se negó ella.

–¡Hazlo! –le ordenó, apretando la mandíbula.

Ella tragó saliva. Sabía que tenía que hacerlo. Levantó una mano y agarró temblorosamente el pomo. Lentamente, cerró la puerta. Se quedó mirando los paneles de madera de roble durante largos minutos. Imaginaba lo que estaría pensando Cassian.

Finalmente, oyó un ligero golpecito en la puerta. Aliviada, abrió y Cassian salió. Estaba temblando y respiraba con dificultad, pero los ojos le brillaban de triunfo. Laura dio un pequeño grito y se abalanzó sobre él para abrazarlo. Casi enseguida retrocedió, confundida.

–¡Te estás helando! –le dijo él frotándole los brazos.

–Estoy bien –respondió ella, todavía atónita por el contacto de su cuerpo–. ¿Y tú?

–Muy bien.

–Estaba preocupada por ti –balbuceó.

–No quería cerrar la puerta. ¿Era desagradable estar encerrado ahí siendo niño? –la pregunta era estúpida. Por supuesto que era desagradable.

–Fue una lección. De distanciamiento.

–Pero tenía que asustarte entrar ahí –insistió ella. Por alguna razón quería que reconociera el terror que le producía estar encerrado durante horas en esa oscuridad.

–A veces, Laura –dijo con voz ronca–, tienes que afrontar tus temores para hacerte más fuerte.

–Pero... –su perplejidad aumentó–. Esta casa debe de estar llena de recuerdos que quieras olvidar.

–Si tú puedes vivir aquí –repuso él con calma–, yo también puedo.

–Yo soy diferente...

–No me digas –murmuró él.

–Somos totalmente opuestos –dijo ella ruborizándose–. Tu madre y tú erais como... ¡como aves salvajes! –exclamó–. Los dos ansiabais la libertad. En cambio yo... siempre he sido dócil.

–Laura, no te equivoques. Todos luchamos por las cosas que amamos –le clavó la mirada y ella se quedó sin respiración–. Tú también. Lucharías por tu hijo...

–¿Lo haría?

–Como una fiera. Tu amor por él es más fuerte que cualquier cosa –su sonrisa la desequilibró aún más–. En cuanto a mí, no sé qué hago aquí. Solo sé que sentí un impulso irrefrenable cuando Tony me habló de la casa. Cuando vi las montañas y los muros de piedra brillando bajo el sol, cuando vi Thrushton reposado sobre la loma, mi corazón dio un brinco. Necesito aceptar mi pasado. Esto ya solo es un armario y no me produce ningún temor. Tengo que conseguir que esta casa me sea indiferente.

Ella lo comprendió, aunque nunca entendería del todo su impenetrable interior; eso que lo hacía tan fascinante y atractivo.

El pasado y el presente se encontraban. Cassian seguía inquietándola. Empezó a llorar en silencio sin saber por qué, y se dio la vuelta para que él no sospechara.

Pero él lo sabía. Tenía las manos en sus hombros y la hizo girarse lentamente. Entonces ella se apretó contra él, sin dejar de llorar.

–¡Lo siento! –intentó apartarse pero él se lo impidió, y a ella le gustó que lo hiciera–. No tendría que...

–Si necesitas llorar, llora –le dijo suavemente, levantándole la barbilla con el dedo–. No tiene sentido tragarse las lágrimas.

Pero para ella sí tenía sentido. Parpadeó con fuerza para contener las lágrimas, mientras con la lengua trataba de secarse las que pasaban junto a su boca. Algo le decía que si se dejaba llevar, todo su mundo se caería en pedazos.

–¡Tengo que controlarme! –masculló.

–¿Por qué?

–Tengo que hacerlo. Todo el mundo debería hacerlo. ¿Qué sería de nosotros si no?

–¡Laura! –le sujetó la mandíbula con la mano.

A través de las lágrimas ella vio que le brillaban los ojos y que sus labios se abrían en un gesto de preocupación. Y la ternura de su rostro hizo que sus rodillas flaquearan. Entonces sintió como si el viento la transportara al cielo, como si no hubiera suelo bajo sus pies.

Podía sentir su olor. Un olor masculino y penetrante que le aceleró el corazón. Sentía la dureza de su pecho bajo las palmas de las manos. La presión era un auténtico placer.

Se le escapó un suspiro mientras se deleitaba entre la fuerza de su masculinidad y su propia rendición.

–Cassian... –se oyó a sí misma murmurar.

Él la abrazó con fuerza y ella sintió una euforia extraordinaria. Sabía que no llevaba nada bajo el camisón, pero no le importó.

Abrió los ojos y recibió una ola de calor en el rostro. Esperó con el cuerpo tenso el maravilloso instante en que sus labios se encontraran...

–¿Laura...?

Ella sonrió tentadoramente, embelesada por la rudeza de su voz.

–¿Quieres mi pañuelo o ya estás bien? –le preguntó.

Al momento los dos retrocedieron. La expresión de Cassian era inescrutable; la de Laura reflejaba claramente su decepción.

–Estoy bien –mintió, evitando su inquisidora mirada.

«¿Bien?». Todo su cuerpo clamaba por el suyo, igual que un niño por un juguete.

–No sé por qué me he puesto a llorar...

–No tienes que darte ninguna explicación. Ni a mí tampoco –repuso él.

–No soy una blandengue... –empezó a decir.

–Lo sé. Creo que eres muy valiente.

–¿Valiente? –repitió ella. Empezó a derretirse de nuevo.

–Y fuerte y decidida. No tuvo que ser fácil cuidar de Adam tu sola, con Enid haciéndote la vida imposible.

–Así es –reconoció ella con una irónica sonrisa.

–Podrías haberlo dado en adopción.

–¡Jamás! –exclamó horrorizada–. ¡Es mi hijo! Antes me sacaría el corazón que darlo.

–Lo suponía –dijo él en tono amable–. Laura, quiero que me escuches con atención. Esto es importante.

Le estaba sonriendo y ella le respondió con otra sonrisa. «Bésame», pensaba con todas sus fuerzas.

–Te escucho –le dijo con voz recatada. Y llena de esperanza.

Cassian se tocó los labios con la punta de la lengua y Laura tragó saliva.

–Yo creo en el Destino.

–Yo también –respondió ella con la cara radiante.

Él apretó la mandíbula y cruzó los brazos, en un gesto que puso una barrera entre ellos. La esperanza de Laura empezó a decaer.

–Mi llegada te ha libertado –dijo él. Seguía ronco, pero tal vez fuera por la vergüenza en vez de por el deseo.

–¿De... qué? –preguntó ella con dificultad.

–De todo lo que te mantenía aquí. Ahora –continuó cortante–, el siguiente paso en tu vida es romper las cadenas que suponen esta casa y este pueblo, y marcharte con tu hijo a otra parte.

–¡No! –gritó ella con horror.

Él la miró ceñudo, como un extraño.

–Eres fuerte y eres valiente, y tu amor por Adam os hará sobrevivir. Sé que puedes hacerlo. Te daré una semana para que hables con él y os vayáis haciendo a la idea. Luego, tendréis que iros.

Capítulo 6

EL SONIDO de la música la despertó. Miró disgustada el despertador y vio que solo eran las seis y media. ¡Maldito Cassian!

Necesitaba dormir después de estar toda la noche dando vueltas, furiosa por haber malinterpretado las intenciones de Cassian. En vez de besarla había estado buscando el modo de decirle que se fuera.

Sin dejar de mascullar se dio una ducha e hizo la cama en muy poco tiempo. Al pasar junto al dormitorio de Adam vio que su cama estaba hecha. ¡También lo había despertado a él!

Decidida a imponer sus últimas reglas en esa casa, bajó las escaleras y se encontró con un delicioso olor a beicon.

Y entonces vio a Adam, con la cara roja, seguramente de fiebre, cuidando que las lonchas no se quemaran en la parrilla.

Laura emitió un grito ahogado. Adam estaba enfermo y solo, cocinando sin vigilancia.

—¡Adam! —exclamó—. ¿Qué...?

—¡Hola, mamá! ¿Te preparo algunas?

Ella no sabía por dónde comenzar su diatriba. La música procedía de un pequeño aparato de estéreo. El sonido era tan agradable que empezó a calmar sus nervios.

Pero nada la iba a calmar. Primero tenía que ocuparse de la fiebre de Adam. Luego buscaría a Cassian y lo desollaría vivo.

–Cariño, tienes la cara roja –le dijo con voz mandona–. Tengo que tomarte la temperatura.

–Buenos días, Laura. Adam está bien. Hemos salido a correr y está un poco acalorado por el esfuerzo –la voz de Cassian se oyó en la despensa–. Hemos traído algunas setas –dijo apareciendo por la puerta.

Laura no podía creerlo. ¡Solo llevaba una toalla de baño a la cintura! Y su pecho era tan musculoso y bronceado que se preguntó si podría volver a fijarse en otra cosa.

–Bu... buenos días –balbuceó ella.

–Ninguna es venenosa –le dijo a Adam echando las setas en la parrilla junto a un chorro de aceite.

Laura parpadeó, para ver bien los músculos de la impresionante espalda. Deslizó la vista por las caderas y por los glúteos que se adivinaban bajo la fina toalla. Empezaba a sentir cosas terribles, deliciosas, malévolas...

Pero la voz de tía Enid le recordaba implacablemente que ese hombre era cruel y desalmado, y que mejor haría en olvidarlo.

–¡Cassian! –empezó a protestar con voz furiosa.

–Todavía no –le dijo a Adam, sin prestarle a ella atención–. Espera a que estén en su punto.

–¿Las salchichas revientan? –preguntó Adam con preocupación.

–A fuego lento, no. De todas formas, tienes una tapa. Muéstrales que eres tú quien manda. Si agarras la sartén con fuerza no pasará nada.

–¿Así? –Adam adoptó una postura autoritaria.

–Perfecto –Cassian sonrió–. Siempre es igual. Para triunfar hay que concentrarse en la tarea.

–Las salchichas están tostadas por la parte de abajo –observó Adam.

–Tienes razón –dijo Cassian tendiéndole las pinzas.

Laura se quedó impresionada, muy a su pesar. Cassian no le había dicho a Adam que había que darle la vuelta a las salchichas, sino que había esperado a que se diera cuenta él mismo.

Se sentó, resignada, observando cómo se pasaba una mano por el pelo, todavía húmedo de la ducha, y cómo se rascaba descuidadamente el trasero. Aquellos músculos tan duros...

Intentó respirar con normalidad. No podía tratar con un desnudo semejante ni con tanta belleza masculina.

Una salchicha chisporroteó cuando Adam esgrimió las pinzas.

–¡Cassian! –gritó ella saltando del susto–. ¡El aceite...!

–Suena más de lo que parece –dijo Cassian despreocupadamente–. Apenas hay aceite. Todo va bien, te lo prometo.

Ella lo miró. Si su hijo se quemaba...

–Menuda comilona, ¿eh? –dijo Adam, sin atinar con las pinzas.

Laura hizo ademán de levantarse para ayudarlo, pero sintió la pesada mano de Cassian sobre su hombro.

–Tranquilo, ya dejarán de escurrirse –le dijo él a Adam–. ¿Ves? Muy bien.

Apartó la mano y Laura siguió sintiendo el calor en el hombro. Inconscientemente, giró el cuello para seguir el aroma del jabón.

—¿Decías que habéis ido a correr? —preguntó fríamente.

Observó a Adam, pero no vio signos de asfixia. Y se sintió culpable por desear lo contrario.

—Cassian me pregunto si quería ir con él. Nos levantamos antes de las seis —dijo Adam con orgullo—. Es una buena manera de empezar a hacer ejercicio. Podría haber seguido, pero Cassian me dijo que se estaba muriendo de hambre, así que volvimos.

—¿Ah, sí? —Lauro le echó una mirada sarcástica a Cassian, quien se limitó a sonreír y a encogerse de hombros. Estaba en tan buena forma que hubiera podido ir corriendo a Londres sin sudar.

—Pero tú nunca desayunas —le dijo a Adam. Durante años había intentado que comiera más que una miserable tostada y un vaso de zumo.

Él no contestó. Estaba demasiado pendiente del huevo que Cassian le había dado.

—Yo haré el primero, y tú el siguiente —dijo Adam—. Observa. Le das un golpecito con el cuchillo, luego lo abres lentamente con los dedos y lo viertes en el cazo.

Adam obedeció y Cassian le dio una palmada en la espalda, satisfecho.

—¡Estupendo! —le dijo con una sonrisa, y Adam se atrevió a romper otro huevo. Estaba tan entusiasmado como si hubiera metido un gol para el Manchester United.

—Muy bien —concedió Laura. Ese no era su hijo. En absoluto.

–Hay bastante para ti, Laura –le murmuró Cassian–. He comprado muchos.

–Gracias –podía conformarse con su orgullo y una simple tostada, o rendirse al estómago–. Me lo prepararé yo misma.

Se levantó y abrió el frigorífico en busca del zumo. Lo que vio la dejó boquiabierta.

–¿Esto es... tuyo? –le preguntó a Cassian, señalando el montón de comida.

–Y tuyo. Compré algunas cosas de camino.

–¿Algunas cosas? Filetes, una pierna de cordero, chocolatinas... No... no podemos...

–¡Oh, mamá! –se quejó Adam–. Sí podemos. Puede ser su alquiler por quedarse aquí.

–La comida es para nosotros –dijo Cassian en tono divertido–. Mi pequeña contribución a la salud de nuestros estómagos.

–Es estupendo que estés aquí, Cassian –dijo Adam–. ¿No te gusta la música, mamá? Son gaitas de los Andes, que suenan igual que los cóndores. Los cóndores son grandes aves de presa, mamá.

–¿En serio? –preguntó ella secamente.

Pero al escuchar la música se dejó llevar por el sonido de las plumas al viento, por los estremecedores ecos de las gaitas en las montañas...

–He preparado café turco para mí –le murmuró Cassian–. ¿Quieres probarlo?

Su cuerpo tembló al oír su voz. Y si tenía ese efecto sobre ella, en una cocina que olía a salchicha frita, ¿cómo sería en una romántica cena con velas?

–Está bien –dijo encogiéndose de hombros. Cassian sirvió el café y le tendió una taza. Estaba dulce y delicioso.

–¿Ya está listo? –le preguntó a Adam.

–Mmm... sí, creo que sí –respondió él, contento de tener la responsabilidad para decidir.

Laura se hundió más en sí misma al ver ese ambiente de camaradería entre su hijo y Cassian. Los dos charlaban amistosamente mientras ella permanecía callada. Era asombroso. En pocas horas su hijo había cambiado más que en toda su vida. Se había convertido en un cocinero, corría por el campo, comía con apetito y parecía haber perdido la timidez para hablar.

Sintió un dolor agudo. ¿Lo habría hecho mal? Adam necesitaba un padre, o al menos, otra clase de madre. Ella siempre lo había cuidado y se había sacrificado por él; entonces, ¿por qué se sentía tan culpable?

Escuchó con tristeza cómo Cassian le ofrecía llevarlo al colegio. Quiso decirle que se lavara los dientes pero no se atrevió delante de Cassian.

–Iré a lavarme los dientes –anunció Adam en ese momento–. Mmm... ¿qué me hace falta hoy? –Laura estuvo a punto de responder por él, pero se dedicó a morder una salchicha. Mejor que lo averiguara el mismo–. Será mejor que repase las lecciones y reúna el material –declaró finalmente–. Luego puedo hacer los deberes hasta que sea la hora de irnos.

–Muy bien, cariño –lo animó su madre.

Adam salió corriendo y Cassian levantó su taza en señal de reconocimiento.

Mientras él lavaba los platos ella observó su seductora espalda y sus bonitos pies. No tenían bultos ni callos, y sus pantorrillas eran musculosas...

Furiosa con ella misma por encontrarlo atractivo,

se levantó y se puso a apilar los platos sobre la encimera.

–Tenemos que hablar –le espetó.

–¿No quieres esperar hasta que se marche Adam? –sugirió él.

–¡No! No puedo esperar. ¡Ahora! –le susurró.

–Puedes hablar más alto cuando él no esté –replicó Cassian.

Laura respiró profundamente, dispuesta a explotar, pero oyó que Adam bajaba las escaleras y miró ceñuda a Cassian.

–De acuerdo. Después.

–Esperaré impaciente –murmuró él.

–¡He tenido una idea! –dijo Adam mirando esperanzado a Cassian–. ¿Sabes algo del Antiguo Egipto?

–Viví en El Cairo y en Asuán durante un par de años –respondió Cassian, sonriéndole a Laura al ver su cara–. ¿Qué quieres saber?

Pronto estuvieron los dos inmersos en el trabajo escolar de Adam. Y las historias que contaba Cassian eran tan fascinantes que incluso Laura las escuchaba sin perder detalle. Cuentos de faraones, de asesinatos y ambición, magistralmente tejidas en un tapiz histórico. Cassian tenía una cultura vastísima, y Laura creyó todo lo que contaba. Era un hombre arrolladoramente carismático, y Adam había caído bajo su influjo.

Laura no podía culpar a su hijo. Si ella no conociera las verdaderas intenciones de Cassian, le habría pasado lo mismo.

Sabía que a Adam le resultaría muy duro aceptar que Cassian era el dueño de Thrushton Hall, y descubrir su doble juego de traición.

–Es hora de irse, cariño –le dijo finalmente–. ¿Lo tienes todo preparado?

–¡Oh, mamá...!

–Vamos –dijo Cassian alegremente–. Esta noche seguiremos, después de correr un poco.

–¿Correr? Siempre suelo ver la tele.

–Como tú prefieras –repuso él encogiéndose de hombros.

–¡Correr!

–Después de hacer los deberes –señaló Laura. Aquel culto al héroe tenía que acabar.

–¡Ya lo sabía! –protestó Adam.

Laura se quedó perpleja. Por primera vez su hijo se enfadaba con ella.

–Será mejor que vaya a vestirme –anunció Cassian–. Una toalla no es un atuendo muy adecuado para ir al colegio. Bajaré enseguida.

–Lo siento, Adam –le dijo su madre cuando Cassian salió–. No tendría que haberte dado la lata.

–Está bien, mamá. A veces hay que recordármelo –se sonrieron el uno al otro, amigos de nuevo, pero un poco confusos por el cambio que se había producido en su relación–. ¿Verdad que Cassian es fantástico? –le preguntó entusiasmado.

–Fantástico –repitió ella sonriendo con dificultad.

De repente el futuro le pareció aún más incierto. Si se marchaban tendrían que enfrentarse a un mundo hostil. Pero si se quedaban... tendría que contemplar impotente cómo Adam seguía los pasos de su nuevo héroe.

Ella no podía competir con la magia que Cassian

desprendía. No tenía un pasado fascinante ni sabía historias como las suyas.

Tan solo tenía el amor hacia su hijo. Pero parecía que no iba a ser suficiente.

Cassian se retrasó en volver y ella aprovechó para limpiarlo y ordenarlo todo. Cuando terminó, la casa relucía y olía a lavanda, pero reinaba un triste silencio.

Impulsada por la agobiante tranquilidad, empezó a manejar la cadena de música y consiguió expulsar el disco del cóndor. Probó con otro que se llamaba *Llamas de fuego*.

La casa vibró al profundo sonido de la música. Era tan intensa y sensual que Laura solo pudo pensar en la cálida mirada de Cassian y en sus eróticos labios...

Al percatarse de lo que estaba sintiendo decidió cambiar las llamas de fuego por algo menos peligroso para sus zonas erógenas. Una emisión política, por ejemplo. Pero no se atrevía a hacerlo.

—¿Estás ahí, Laura? ¡Estoy en casa!

Laura se puso rígida al oír la voz de Cassian.

—Oh, no, no lo estás –murmuró. Esa era su casa. Él solo era el propietario.

—¿Qué te parece la música? –le preguntó al entrar en la salita.

—Estaba a punto de apagarla.

—Hazlo. Y sube a arreglarte. Te llevaré a buscar trabajo.

—Antes quiero hablar contigo –insistió ella.

—Puedes hacerlo de camino.

–¡No me des órdenes! –sacudió la cabeza en desafío–. No me gusta que organicen mi vida, igual que tú.

–Pero tienes que encontrar trabajo.

–Puedo ir en autobús –sería maravilloso que la llevaran. Pero no él.

–No digas tonterías. Yo tengo que irme, así que si no vienes conmigo, tendremos que esperar hasta esta noche para hablar cara a cara –le sonrió–. Vamos. Puedes entretenerme. Y piensa en los alaridos que podrás dar en el coche.

–Visto así... –¡Era un hombre imposible!

Se dirigió hacia la puerta esperando que él se apartara. No lo hizo, ni parecía estar dispuesto. El equipo de música despedía un estribillo tan apasionado que ella se contrajo.

Haciendo uso de toda su fuerza consiguió pasar junto a él, pero no pudo evitar el roce con sus pantalones ni con su camisa de algodón, ni pudo evitar que se le encendieran los sentidos al sentir el calor de su respiración sobre sus cabellos.

Subió los escalones acalorada, y el corazón le siguió latiendo frenéticamente mientras se cambiaba de ropa. El traje para las entrevistas era de segunda mano, de color verde botella, con unos zapatos y un bolso discretos.

Él la estaba esperando fuera y frunció el ceño cuando la vio aparecer. Abrió la puerta del coche sin decir nada.

Ella intentó subir al todoterreno, pero la falda se lo impedía, por lo que Cassian le dio un ligero empujón en el trasero. Laura se acomodó en el confor-

table asiento tapizado de rosa. Se sentía avergon-
zada pero estaba decidida a aprovechar su tiempo.

–Tengo una proposición –anunció enérgicamente
cuando se pusieron en marcha.

–Uh, uh...

–Sabes las razones por las que quiero quedarme.

–Sí –alargó un brazo hacia su lado y ella se
apretó fuertemente contra el respaldo. Él la miró con
curiosidad y metió un casete en la radio. Música fla-
menco.

–Bueno –siguió diciendo ella–. He pensado un
modo de resolver el problema.

–¿Sí? –Cassian no parecía muy complacido?

–Puedes vivir en Thrushton Hall.

–Gracias. Estoy de acuerdo contigo.

Ella respiró profundamente. El siguiente paso era
más difícil.

–Y yo encuentro un trabajo y me quedo también
en Thrushton. Te pagaré el alquiler y me ocuparé de
la casa. Limpiaré y cocinaré para ti.

Lo miró con ansiedad pero su gesto no indicaba
nada bueno.

–Hay un pequeño inconveniente –dijo él–. No
necesito a una criada ni a una cocinera.

A Laura se le encogió el corazón. Tenía que haber sabido que Cassian llevaría a su mujer.

–Olvidé que tienes a tu esposa. O a tu pareja, o a
quien sea –dijo tristemente.

–No hay mujer, ni pareja ni lo que sea. Mi mujer
murió al nacer Jai.

–Lo siento –murmuró ella.

–Laura, por favor, intenta ver la clase de hombre
que soy. Siempre he cuidado de mí mismo. No nece-

sito a una mujer para eso –la miró fijamente–. Lo único que he necesitado de una mujer ha sido amor.

Amor. Lo dijo con tristeza, como si recordase a la mujer que perdió.

Hubo un largo silencio antes de que ella lo intentase de nuevo.

–¿Jai y tú estaríais solos?

–Como nos gusta a ambos.

–Pero yo podría ahorrarte mucho trabajo doméstico. Es muy aburrido, y así tendrías más libertad. Si no tuvieras que dedicarte a las tareas...

–Eres perseverante.

–¡Es muy importante para mí! –replicó ella–. ¿Y bien?

–No.

–¿Por qué no? ¡No soportas las limitaciones! Cocinar y comprar...

–No eludo ninguna responsabilidad –corrigió él–. Pero no hago nada que no sea necesario.

–Por favor, piensa en ello... –suplicó ella. Estaba horrorizada de que su magnífico plan hubiera fallado estrepitosamente.

–No.

Ella se llevó el puño a la boca y trató de contener las lágrimas. Había fracasado, y se encontraba ante un abismo.

Sería terrible. Caería enferma. Adam se sentiría destrozado. ¡Adam!

–En ese caso... –se atragantó y tragó saliva–. En ese caso, si vas a echarnos dentro de una semana... ¡deja en paz a Adam! ¡No te acerques a él! –la música flamenca subió de tono y ella tuvo que gritar con fuerza para hacerse oír–. ¡Vas a destrozarlo,

Cassian! No estás ciego. Sabes que él te ve como Míster Magnífico. Y tú te sientas a su lado y le cuentas historias, comportándote como... como un padre, el padre que siempre ha querido. ¡Y en cuestión de días vas a rechazarlo! ¡No puedes hacer eso! –se golpeó furiosa las rodillas–. No puedes hacerle daño. No te lo permitiré... –se calló de golpe. Cassian estaba parando el coche en la cuneta–. ¿Qué haces?

–Fuera –le dijo volviéndose hacia ella.

–¿Me estás...? –se había quedado con la boca abierta.

–No, no te estoy abandonando –le dijo con voz fatigada–. Pero esto es demasiado importante para discutirlo mientras conduzco.

–¿Discutirlo? –gritó furiosa. Saltó del coche y a punto estuvo de caer–. ¡No hay nada más que hablar! No vas a escucharme. No te importa lo que nos pase a Adam y a mí. ¡No tienes corazón! No te importa la decepción de Adam al ver que su dios tiene los pies de barro y...

–¡Laura! –Cassian la sujetó fuertemente por los brazos–. Laura, sí me importa.

Capítulo 7

QUÉ? –susurró ella

–Me importa Adam –respondió él soltándola–. Ven, siéntate al sol.

–¡Estoy bien aquí!

–Como desees.

Cassian se apartó y se sentó en el muro bajo de piedra, y contempló el valle.

Laura había demostrado ser más apasionada de lo que él hubiera creído posible. Su respuesta a la música y al vino le habían demostrado que estaba despertando a los placeres de la vida, y desde entonces su cuerpo no conocía el descanso. Deseaba ardientemente introducirla en los verdaderos placeres.

Cerró los ojos. Sentía el calor del sol en la piel, y cómo sus huesos se derretían al pensar en hacerle el amor a Laura. A pesar de su horrible traje verde botella.

–Cassian.

–¿Mmm?

–Si te importa...

–Me importa y por eso veo a un niño que desea ser parte del mundo –dijo con voz seca, decidido a negarse el placer que quería–. Me importa y por eso quiero sacaros de vuestro caparazón. Adam se muere por ser aceptado en el colegio. Nunca he visto a un niño tan ansioso por agradar...

–¿A qué te refieres? –preguntó ella agarrándole el brazo–. Algo ha ocurrido, ¿verdad?

–Oh, algunos chicos empezaron a bromear...

–¿Sobre Adam? –gritó ella.

Él suspiró y decidió que era mejor contárselo.

–Estaban bromeando sobre lo que llevaría en mi mochila, que es de color naranja. Yo les dije que era mi parapente y me ofrecí a enseñárselo.

–¿Te refieres a unos de esos paracaídas con una especie de asiento? ¿Vuelas sobre las montañas por diversión?

–Algo así –lo divertía su descripción de uno de los deportes más estimulantes del mundo. Volar. Flotar en el aire observando el contorno de la tierra...

–¿Qué pasó?

–Pronto se congregó una multitud alrededor de nosotros. Yo respondía todas las preguntas hasta que una mujer con una boca horrible apareció y nos reprendió por no haber oído la sirena.

–La señorita Handley –Laura esbozó una sonrisa forzada.

–Sí. La directora. Y me disculpé y dije que era mi culpa, y antes de que me diera cuenta me estaba dando una charla.

–Me lo imagino –a Laura parecía divertirla aquello, pero entonces frunció el ceño. Supongo que Adam se llevaría una impresión.

–Adam me ayudó –dijo en voz baja–. Volvió a enrollar el paracaídas en la mochila –no quiso decir nada más. Recordaba la alegría del chico al ver la envidia de todo el colegio, mientras él hablaba de sus vuelos junto a los cóndores de los Andes.

Laura guardó silencio y él se quedó pensando en la solución que había planeado. Era factible pero... Ella tenía que encontrar su propio camino.

Contempló los pájaros balanceándose sobre las rocas del río; una garza planeaba perezosamente sobre el prado; a lo lejos vio un ciervo que había quedado atrapado en un campo cercado por altos muros de piedra.

Corría en todas direcciones presa del pánico, incapaz de encontrar una salida. Entonces Cassian vio que eso mismo le estaba haciendo a Laura y a Adam: soltarlos en un terreno extraño donde no podían encontrar salvación.

—¡Hay un ciervo atrapado! —gritó ella señalándolo.

—Lo sé.

—No se te escapa nada, ¿verdad? Está asustado, Cassian. ¿No podemos bajar a ayudarlo?

—No.

—Seguro que...

—Laura, odio verlo así de asustado pero lo asustaríamos aún más si nos acercásemos. Podría romperse una pata al intentar saltar un muro, o quedarse atrapado en la verja de alambre.

—Parece tan asustado... dijo ella con una vocecita.

—Tiene que encontrar él mismo la salida —le puso una mano sobre las suyas.

Quería mantener a Laura a su lado y no arrojarla al ancho mundo. Apretó la mandíbula. Echaba de menos a Jai. Le hacía falta compañía...

—¿Qué pasa? —preguntó Laura.

—Jai —la voz se le rasgó por la emoción.

—Eres un hombre muy atento. Jai tiene suerte al tenerte como padre.

Él buscó su mirada, vacilando ante sus hermosos ojos azules.

–¿A un bruto despiadado como yo?

Ella sonrió tristemente.

–Sé que crees estar haciendo lo correcto... que esto es lo mejor para nosotros.

Se acercó más a él y el viento agitó sus cabellos. A Cassian casi se le paró el corazón.

«Hazlo», le dijo una voz maliciosa dentro de él. «Bésala».

–Será mejor que nos vayamos a buscar trabajo –dijo él, sin poder dejar de mirarla.

–De acuerdo. Pero sobre lo que te he dicho... Piénsalo, por favor.

La pasión le emanaba de todos los poros de su piel. Tenía un aspecto radiante, y Cassian no pudo resistirlo más. Presionó los labios contra los suyos, gimiendo de deseo mientras ella respondía con la misma intensidad. Lo hacía de un modo inexperto pero con una dulzura superior a sus fantasías.

Cassian sintió, atónito, que ella le rodeaba el cuello con los brazos. Laura había estallado por fin. Y lo pedía con una pasión que le llegaba hasta lo más profundo de su ser.

La sentó sobre él y ella le rodeó la cintura con las piernas. El contacto de su piel aterciopelada, el roce de sus cabellos sedosos, su delicioso aroma a romero... lo alejaron de todo excepto del empeño por liberar las pasiones largamente reprimidas.

Cada beso, cada caricia lo hechizaba aún más. Si pudiera tener a esa mujer en la cama...

–¡Cassian!

Laura se había puesto tensa y mantenía la boca

cerrada, pero él aún no había tenido bastante y siguió besándola, pugnando por deslizar la lengua entre los labios.

–Laura... –murmuró suplicante.

–¡No!

Dios, ella se lamentaba de lo que había hecho, pensó él. Dejó caer los brazos.

Ella se miró la falda y las piernas y se levantó. Se dio la vuelta y se arregló la ropa y el pelo. Él vio cómo le temblaban los hombros.

–Laura... –susurró.

–¡No! ¡No me toques! ¡No te acerques a mí! –chilló histérica.

–Solo nos hemos besado –intentó excusarse. Aunque para él había sido mucho más que eso. Había visto las estrellas. Había estado en el mismo Cielo, soñando sueños imposibles...

–Debes de estar acostumbrado a abrazar a las mujeres y... y...

–Besarlas –concluyó él–. Pero no a conseguir unos resultados tan espectaculares.

Ella tragó saliva y corrió hacia el coche, como si la hubiera espantado su respuesta.

Él se levantó con ayuda de sus temblorosas manos porque las piernas parecían haberse derretido.

Varias respiraciones después llegó a la conclusión de que lo había empeorado todo. Las emociones de Laura habían salido a la superficie pero él casi se había ahogado con ellas.

Se dio unos momentos para calmarse. Vio que el ciervo había escapado del campo. Tal vez algunas personas prosperaran mejor en su reducido ambiente.

Ese pensamiento lo golpeó como si fuera un martillo. Quizá estuviera equivocado al intentar que Laura ampliase sus horizontes.

Y, habiéndola besado, ella no podría permanecer en Thrushton. No si insistía en mantenerse alejada de su cama.

Maldijo en voz baja y volvió al coche. Se sentó al volante sin hacer ningún comentario.

—¡Esto nunca ha sucedido! —susurró ella.

Él le lanzó una mirada cínica. ¿Se creía que él podría olvidarlo?

—Vamos a concentrarnos en buscarte trabajo, ¿de acuerdo? —sugirió él tan duramente como metía las marchas en la palanca de cambio.

Cuando llegaron a Harrogate llevó a Laura a una boutique. Y allí, ignorando sus protestas, trató de convencerla de que sería más fácil encontrar trabajo si llevaba otra cosa que aquel uniforme de tía Enid. Si es que era uno de sus trajes.

Ella acabó reconociéndolo, e insistió en devolverle el dinero en cuanto cobrase. Entonces la dependienta se la llevó y él se dejó caer en un sillón. Una chica pelirroja le ofreció café y galletas. Era bonita, pero ni sus piernas ni sus mejillas podían competir con las de Laura.

—¿Qué le parece? —le preguntó la dependienta.

Cassian giró la cabeza y se quedó pasmado, como si fuera un adolescente que ve a una mujer desnuda por primera vez. Pero aquello era mucho mejor que un desnudo.

—Perfecto —dijo con la voz más normal que pudo.

Los ojos de Laura brillaban a juego con el traje. Era de color azul marino, sin mangas, y le llegaba a las rodillas. Se ajustaba tan bien a su cuerpo que la hacía parecer más alta e imponente, combinado con los zapatos de tacón y las medias supuestamente nuevas.

–Y aquí tiene una chaqueta que hace juego con sus ojos –le ofreció la dependienta.

–¿Te gusta, Laura? –preguntó él, embelesado por su elegancia. Se movía como una modelo.

–Por supuesto –respondió ella–. ¡Es precioso! Pero no creo que pueda permitirme...

–Tu... regalo de despedida –insinuó él con dificultad.

–De despedida... –repuso consternada–. Oh, sí, de despedida –tragó saliva–. No sé sí...

–No estoy dispuesto a perder más tiempo –dijo él un poco irritado mientras sacaba su tarjeta de crédito–. Tengo que ver a varias personas y montar una oficina.

–¿Una oficina? –repitió ella con asombro–. ¿Tú?

–Es para un colega –gruñó él. Tenía que ser cuidadoso para no revelar el secreto de su negocio–. Vamos. El conjunto es perfecto.

Con algo de intimidación y muchas miradas al reloj, consiguió que aceptara el costoso traje de diseño, los zapatos de tacón y un bolso que la dependienta se apresuró a mostrar.

Cuando volvieron a casa, Cassian ya había arrendado un gran edificio de estilo georgiano y había encargado el mobiliario y los ordenadores. No quería que su fundación benéfica sufriera ningún retraso.

Pero no era el único que había tenido éxito.

Laura volvía con cuatro buenas ofertas de empleo. Tenía un aspecto tan orgulloso y radiante que Cassian apenas pudo concentrarse en la carretera.

Sintió el dolor de nuevo. No quería que se fuera.

–¡No puedo creérmelo! –confesó ella mientras avanzaban por las calles adoquinadas de Grassington–. ¿Qué trabajo debería aceptar, Cassian?

–Tienes que decidirlo tú –le contestó él, tan bruscamente que ella permaneció en silencio.

¿Por qué lo fastidiaba su éxito? ¿Acaso no quería que Laura ganara confianza en sí misma y consiguiera una vida mejor? Entonces, ¿por qué lo entristecía pensar en su marcha?

Volvió a pensar en Jai. Nunca había estado tanto tiempo separado de su hijo. Seguro que lo que le ocurría era que se sentía solo... Sí, seguro que era eso.

Al llegar a un alto desde donde se veía Thrushton paró el coche.

–Voy a llamar a Jai –explicó antes de salir.

Aunque Laura estaba concentrada en sus pensamientos notó el nerviosismo de Cassian. Realmente quería a su hijo, pensó mientras lo veía marcar frenéticamente en su móvil.

Y cuando vio la felicidad en su rostro al escuchar la voz de su hijo se le encogió el corazón. Tenía una expresión de asombro, de entusiasmo, de ternura... No podía mantenerse quieto mientras hablaba; con su brazo libre gesticulaba y se pasaba la mano por el pelo.

Ojalá ella pudiera ser así con Adam...

–¿Buenas noticias? –le preguntó sin poder reprimir una sonrisa.

–¡Viene para acá! –exclamó él entusiasmado–. Llega esta semana, en cuanto consiga un vuelo. ¿No es fantástico?

–Estupendo –dijo ella, contagiada por su alegría–. Tendremos que hacer algo para celebrarlo –deseó que le brillaran tanto los ojos como a él.

–Sí, en efecto –repuso él. El brillo se apagó un poco. Su expresión combinaba la euforia con la pena y la furia.

Laura lo miró discretamente. Tenía el ceño fruncido y la boca y las manos en tensión.

–¿Qué ocurre? –le preguntó con voz suave.

Él se contrajo, pero no apartó la vista de la carretera.

–Estoy pensando –por la dureza de su tono se adivinaba que no quería ser molestado.

Se movió en el asiento y Laura se fijo en la tela del pantalón sobre sus muslos. Entonces él le echó una mirada furtiva y ella sintió que le hervía la sangre.

¿Qué le estaba pasando? ¿Cómo había podido responder a un beso suyo de la manera en que lo hizo? ¿O fue ella quien lo provocó? Todo pasó demasiado rápido... inevitable.

Y seguro que Cassian también se había sorprendido.

Aunque recordó que habían estado hablando de Jai. ¿Habría sido el beso una manera de expresar su soledad? ¿Sería ella una simple sustituta?

¡Qué estúpida y arrogante era! Seguía siendo una ratita ingenua, por muy caro que fuera su vestido. Cassian nunca podría sentirse atraído por ella. Él buscaba mujeres como Bathsheba: exuberantes, ardientes, impredecibles...

Pero Laura no podía negar que se sentía atraída por él. Y, al igual que Adam, lo adoraba. Lo que había visto ese día le confirmaba esa admiración.

Durante la comida una camarera de avanzada edad le había derramado a Cassian el pudin sobre el brazo. La pobre mujer rompió a llorar enseguida.

Y, para asombro de Laura, Cassian se levantó de un salto, la rodeó con el brazo y se la llevó aparte, hablándole con calma e ignorando a la encargada.

–Su marido está en la cárcel por robar –le explicó a Laura cuando volvió a la mesa–. Y, según ella, podría tener Alzheimer.

–¡Eso es terrible! –exclamó Laura–. La encargada tiene que estar loca...

Una camarera sonriente le trajo otro pudin.

–Quiero darle las gracias –le susurró a Cassian–. Ha salvado a mi madre del despido.

–No pasará nada –la tranquilizó él–. Lo he dejado todo arreglado para que esté bien y pueda conseguir un examen médico para tu padre.

Laura pasó el resto de la comida ensimismada por el encanto de Cassian. Era el tipo de hombre que siempre había admirado: cortés, atento y agradable.

Y sabía que su nobleza era un rasgo innato en él. Cuando volvió de las entrevistas al lugar acordado, llegó un poco antes de lo previsto y entró en unos almacenes. Allí vio a Cassian. Sostenía un cochecito de niño mientras una joven salía cargada con un bebé y con bolsas. La ayudó a guardar la compra en el cochecito y se despidieron con una cálida sonrisa.

Después, sin enterarse de que Laura lo observaba

a sus espaldas, se paseó por la plaza, dando algunas monedas a los mendigos que pedían limosna.

–Cassian.

–¿Sí?

–¿Viste a los mendigos hoy?

–Hmm –asintió él. Ella esperó que dijera algo, pero Cassian no era el tipo de hombre que alardeara de su generosidad.

–Nunca sé qué hacer –confesó ella–. ¿Con la limosna los estoy ayudando a comprar droga o bebida, o los estoy ayudando a comer?

–Esa pregunta no tiene fácil respuesta –respondió él con voz amable–. En mi caso me gusta mantener el contacto con ellos. Los miro a los ojos y les hablo y entonces decido si tienen los pies en el suelo o no. El método funciona tanto aquí como en Egipto, Rusia o Colombia. Tengo la esperanza de que algún día todos puedan disfrutar de un hogar.

Ella recordó cómo lo vio hablar con ellos. Los trataba como a seres humanos, no como parásitos de la sociedad. Cassian era compasivo con los necesitados.

–Se me parte el corazón al pensar que no tienen un lugar donde vivir –dijo ella con voz débil–. No puedo soportarlo. Por eso siempre les doy dinero, aunque no sepa si lo van a gastar en drogas o no.

–Pero tu también vives en la miseria –dijo él con voz ronca.

–Yo tengo un hogar y un hijo que me quiere. Ellos no tienen nada ni a nadie. Piensa lo que tiene que ser eso, Cassian.

–Lo hago –murmuró él–. A menudo.

Laura se estremeció de nuevo. Decididamente,

Cassian era muy especial. Recordó cómo le gustaban los animales y cómo los curaba. Los perros, los gatos, los caballos... todos se acercaban a él con confianza. Y cuando él estaba con ellos parecía perder la hosca expresión con la que miraba a las personas.

¿Qué pensaría de ella? ¿La vería como a una chica fácil? Cuando lo besó lo hizo con toda la fuerza de su desesperación. Deseaba más que nada que él la admirase. Y la desconcertaba ese deseo.

Intentando resolver el misterio le lanzó continuas miradas, igual que si fuera su amante.

Aguantó la respiración por un momento. Los amantes no podían dejar de mirarse. El amor... ¿Podría explicar el amor la creciente burbuja que le llenaba el pecho? ¿La sensación de que una corriente eléctrica la atravesaba de arriba abajo? ¿El deseo de enroscarse en sus brazos y no separarse jamás?

Sentía cada vez más calor y decidió quitarse la chaqueta. Era una maniobra difícil, al estar atada con el cinturón de seguridad, y se sobrecogió cuando Cassian le puso una mano sobre la piel desnuda del brazo.

—Puedo hacerlo yo sola —le espetó.

—Estoy seguro de ello —repuso él—. Pero sería muy maleducado si no te ayudase.

—Lo siento —murmuró ella, sintiéndose fatal por su mala contestación.

—Está bien. Supongo que estarás preocupada pensando en las ofertas. Te dejaré pensar en paz —le rozó ligeramente las manos y ella estuvo a punto de agarrar la suya.

No podía enamorarse de un hombre al que apenas conocía, pensó horrorizada.

A no ser que... ya hubiera sentido lo mismo con anterioridad... cuando eran jóvenes. Frunció el ceño. Cuando Bathsheba y él dejaron Thrushton, ¿sintió ella que se le desgarraba el corazón porque estaba enamorada de él, con solo quince años?

¿Había estado albergando ese sentimiento durante años? Y, ¿se habría sentido atraída por aquel vendedor de Leeds porque era moreno y viajaba mucho, igual que Cassian?

Cruzó las piernas y notó que él se las miraba. El corazón le latió con más fuerza. Pero pensó que todos los hombres miraban las piernas de una mujer. Lo que ella necesitaba era que un hombre se interesase por ella, y eso era algo que no podría conseguir en Cassian.

La furia la invadió por dentro. Lo deseaba más que a cualquier otra cosa, y con más fuerza que en toda su vida.

Pero mejor sería limitarse a los besos y a las caricias. Nada que fuera perdurable. En pocos días lo perdería de vista y tal vez no volvieran a verse.

Sintió que su vida se desintegraba en mil pedazos. Y entonces supo que estaba enamorada de Cassian. Y que lo estaría para siempre.

Pero también sabía que era un deseo sin esperanza.

Capítulo 8

POR LA NOCHE se sentó a leer en la salita mientras Cassian se ponía a trabajar con su ordenador.

Él se había encargado de preparar, con ayuda de Adam, una deliciosa cena a base de filetes, patatas y un bizcocho de melaza. Además había llevado a Adam a dar un paseo, lo había ayudado con sus deberes, y le había contado un cuento antes de dormir.

–Llevas horas pensando en silencio. Supongo que ya te habrás decidido –le dijo él.

–Todavía no –apartó la mirada para que notase su adoración–. Estoy entre el puesto de secretaria y el de administrativa en una clínica.

–Lo habrás hecho muy bien en las entrevistas –le dijo con una voz tan suave que ella luchó por no derretirse–. ¿Me crees ahora cuando te digo que puedes conseguir lo que quieras, siempre que lo desees lo bastante?

Ella sonrió tristemente. ¡Si él supiera lo que quería de verdad!

–Ojalá sea cierto. Pero las referencias me fueron de gran ayuda.

–Bueno, cualquiera puede ver lo que vales. Eres sincera, honesta y lo das todo en un trabajo –se echó a reír al ver su cara de asombro–. ¡No bromeo! Los trabajadores como tú sois muy difíciles de encontrar.

–Bueno, parece que solo se dan cuenta cuando me ven con ropas decentes –señaló ella, intoxicada por sus palabras.

–Sí, por desgracia la gente presta mucha atención a las apariencias. Pero lo que has conseguido ha sido por tus propios méritos.

A Laura se le aceleró la respiración. Si quería que la respetase y la tuviera en cuenta, necesitaba tiempo. Tenía que aceptar que él no la quería, pero ¿podría conseguir una amistad? Vivir con el hombre al que amaba, manteniendo su adoración en secreto, sería una auténtica agonía; pero siempre sería mejor que perderlo de vista para siempre.

–Pareces triste –le dijo ella–. ¿Estás pensando en Jai?

–Y en algo más.

Laura se mordió la lengua para no preguntarle qué. «Mírame, estoy aquí, háblame, confía en mí...», quería gritarle. Pero no soportaría un rechazo, y él había dejado claro que no la necesitaba.

Se le llenaron los ojos de lágrimas. Lo quería todo: la casa, el trabajo, a Cassian...

Oyó un teléfono y se ocultó la cara con la mano para que él no la viese llorar.

–¿Diga? –murmuró Cassian–. ¡Hola, Sheila! –exclamó con entusiasmo–. ¿Cómo va todo?

Hubo un largo silencio y la expresión de Cassian se volvió preocupada. Laura se levantó y entró en la cocina preguntándose quién sería esa mujer que podía alterarlo de esa manera.

Seguro que era preciosa, con unas piernas impresionantes, una licenciatura en Astrofísica y una vasta experiencia como viajera. ¿Cómo podía esperar que él se fijara en ella?

Y suponiendo que así fuera, ¿qué pasaría? Eran demasiado diferentes, como lo fueron su padre y Bathsheba.

–Me voy a la cama –dijo él desde el vestíbulo–. Su voz era tensa y aprensiva. Laura tragó saliva e intentó contener más lágrimas.

–Buenas noches –murmuró, deseando que le contara sus problemas.

Él no se movió y ella se reprimió para no correr hacia él y abrazarlo.

–Mañana voy a Harrogate –anunció él–. ¿Quieres que te lleve?

–No –de modo que no iba a ser su confidente–. Tengo que hacer la compra para el señor Walter. Te hablé de él, ¿recuerdas? Es ese viejo maloliente y cascarrabias que solo sabe quejarse. Y yo tengo que caminar dos millas hasta Grassington, comprar todo lo que quiere, volver a pie cargada con las bolsas, ordenárselo todo mientras él revisa la cuenta preocupado de que haya gastado demasiado; luego le preparo una taza de té, lo siento en una butaca, lo arropo con una manta y vemos la televisión durante una hora. Esa es mi distracción de la semana. Eso es lo que soy –sollozó–: la señorita Diversiones. Sé cómo disfrutar de la vida, ¿no crees? Sin duda estarás fascinado.

–¡Laura! –exclamó él–. ¿Por qué...?

–No importa –le espetó ella dándole la espalda.

Él la hizo girarse y ella esquivó la mirada pero las lágrimas la traicionaron.

–Sí que importa –suspiró él abrazándola.

–¡Solo me importa a mí! Y n... no me preguntes si estoy en ese día del mes, porque gritaré.

–Han sido días muy intensos para ti –le murmuró él al oído abrazándola más fuerte.

–Lo que he dicho del señor Walter no iba en serio –dijo ella–. Me importa mucho. Debe de ser terrible para él vivir confinado en su casa.

–¿Cuánto tiempo llevas ayudándolo? –le preguntó Cassian con calma.

–No lo sé. Desde que murió su esposa. Solía ayudarla a peinarse. Tenía artritis en los dedos.

Cassian dio un profundo y prolongado suspiro. Parecía estar pensando en algo mientras le acariciaba el flequillo con los dedos. Ella permaneció inmóvil, temerosa de que dejara de hacerlo si se movía.

–¿Hasta qué punto quieres uno de esos trabajos, Laura? –le preguntó él dubitativo.

–Hasta la desesperación. Necesito un trabajo para sobrevivir. ¿Cómo si no podría permitirme el champán?

Él sonrió por la valiente ocurrencia. Sacó su pañuelo y se lo tendió.

–Hay otro trabajo que podría interesarte.

–Suena como algo embarazoso –repuso ella aceptando el pañuelo.

–Tengo una amiga... –la hizo sentarse en una silla y él lo hizo lo mismo–. Una muy buena amiga...

–Sheila –se aventuró a decir. ¿Cómo sería de buena? ¿Lo suficiente para compartir los secretos íntimos en la cama?

–Dirige una organización benéfica –dijo él asintiendo.

–La cnvidio –suspiró. Esa Shcila cra afortunada. Amiga de Cassian y con un buen trabajo.

A Cassian se le aceleró el pulso. Laura podía ser perfecta para ese trabajo. Honesta, fiable, concienciada con los problemas ajenos y con una gran capacidad de amor. Pero eso supondría estar más cerca de ella...

–Ha tenido que dejar el trabajo –se apresuró a decir. La caridad era lo primero–. Tiene que irse a Estados Unidos para cuidar de sus tres sobrinas. Su hermana y su cuñado murieron ayer en un accidente de tráfico.

–¡Cassian! –exclamó ella horrorizada–. Eso es terrible. ¡Pobres niñas! ¡Pobre mujer! ¿Hay alguien con ella? ¿Necesita que la acompañes?

Le apretó la mano dándole consuelo.

–No. Su pareja ha ido con ella. Pero... Laura, la preocupa muchísimo dejar la organización desatendida. No es muy grande, pero necesita a alguien que la dirija; alguien de confianza que no esté interesado en apropiarse de sus fondos. Y es muy difícil encontrar a gente así.

–Me lo imagino –dijo ella preocupada.

Él respiró profundamente. Laura no se estaba dando por aludida. Estaba claro que no conocía su potencial.

–Laura, le he dicho que puede irse inmediatamente porque he encontrado a alguien que la sustituya.

–Eso es magnífico –sonrió tristemente–. Sheila tiene que estar aliviada...

–He pensado en ti.

Ella abrió desmesuradamente los ojos y parpadeó repetidas veces. Cassian se moría por besarla y llevársela a la cama.

–¡No puedes estar hablando en serio! ¡Yo no puedo hacer su trabajo!

–¿Quién mejor que tú? Acabo de montar una oficina en Harrogate...

–Ahí lo tienes. ¿Cómo voy a ir hasta allí? ¡Es imposible, Cassian!

–Podrías viajar diariamente en tren. No importa a qué hora llegues. Yo podría llevarte a veces. O podrías aprender a conducir; la organización te proporcionaría un coche.

–¿Y cuando Adam se ponga enfermo?

–No hay problema –respondió él firmemente–. Cuando lo necesites, puedes trabajar desde casa...

–Seguro. Sin teléfono, ni ordenador...

–Estás empeñada en poner objeciones –replicó él, divertido–. Se puede instalar una línea de teléfono. Esto no es el desierto del Sahara. Mientras, puedes usar un móvil. La organización te facilitará todo lo que necesites.

–Pero... los gastos...

–Una gota en el océano, especialmente si el puesto lo ocupa alguien de confianza. La persona al cargo tendrá libertad para manejar enormes cantidades de dinero, por lo que es difícil encontrar a alguien adecuado.

–Pero... ¿no te gustaría hacerlo a ti?

–¿Yo? –vaciló–. Yo... ya tengo trabajo.

–Oh, pensé que estabas buscando algo, ya que acabas de volver de Marruecos.

–Me he tomado... un poco de tiempo libre.

–¿Qué haces exactamente? –preguntó ella ansiosa.

–Trabajo con ordenadores. Eso no importa, Laura. ¿Qué dices?

–No sé –se mordió el labio–. Es una gran responsabilidad. No estoy segura de poder hacerlo.

–¡Claro que puedes! Escucha: hay unos fondos y un presupuesto cada año, y el director financiero, tú...

–¿Yo? ¿Directora financiera? –preguntó, poniéndose colorada.

–Eso es –dijo él echándose a reír–. Tendrías que decidir a qué causas destinar los fondos. Muy simple. Todo se reduce a una cuestión de criterio. El sueldo sería, como mínimo, el doble de lo que te han ofrecido en los otros trabajos.

–¡Dios mío, no puedo aceptar tanto! –protestó ella–. No de una organización benéfica.

–Válgame el Cielo, Laura –dijo él impaciente–. ¡Valórate a ti misma! Puedo asegurarte que el dinero es a cambio de tu trabajo.

–Bueno –dijo ella con una amplia sonrisa–. Siempre podría rechazar los incentivos...

Típico, los pobres siempre eran los más generosos.

–¿Aceptarás el trabajo? –le preguntó él casi sin poder respirar.

–¿No tengo que pasar una entrevista?

–Te lo he dicho. Sheila se encargaba de todo. Ha dejado el asunto de la sustitución en mis manos.

–¿Por qué? ¿Cuál es tu relación con esa organización?

–Contribuyo regularmente –dijo él. No le dijo que era el único contribuyente.

–Eres muy generoso –suspiró ella–. Y a juzgar por el estado de tu todoterreno, no pareces estar forrado.

–Me las apaño –dijo él. No era el momento de decir que no estaba interesado en bienes materiales y que le bastaba con que un coche se moviera–. Dime que lo aceptarás. Me quitarás un gran peso de encima y sé que lo harás muy bien.

–¡No me lo puedo creer! ¡Sí, sí, me encantará hacerlo! ¡Por supuesto que sí! –le brillaban los ojos de entusiasmo.

–¡Genial! ¡Gracias! –le agarró las manos y le sonrió, fascinado por la alegría de su rostro. De algún modo se habían acercado tanto que sus labios casi se rozaban. Cassian se quedó sin aire en los pulmones. Muy lentamente, se inclinó hacia ella con cuidado de que no se asustara.

Ella cerró los ojos y levantó la cabeza, y él le pasó una mano por detrás del cuello y permitió que sus labios se tocaran. Sintió cómo ella se estremecía de arriba abajo.

–Gracias –murmuró él–. Quiero besarte de nuevo –añadió sin pensar en lo que estaba diciendo.

–No sería aconsejable –dijo ella sin mucha seguridad.

–¿Por qué?

–Porque me voy al final de esta semana.

Él apretó los dientes. Era demasiado preciosa y vulnerable para una corta relación, por lo que no debía seducirla. Pero un beso o dos no harían daño...

–Razón de más para un beso antes de marcharte –murmuró él.

–¿Por qué quieres besarme? –preguntó confundida.

Cassian ahogó un grito. ¡Nunca lo habían interrogado así!

–Tu boca –declaró con imprudencia–. Es suave y cálida y está demasiado cerca de mí para ignorarla... Me gusta su sabor. Me gusta tenerte en mis brazos... El modo en que tu cuerpo responde a la pasión del mío...

Ella se rindió. Suspirando entrecortadamente, permitió que sus labios se abrieran. Gentilmente, él la acercó a su cuerpo y sintió los latidos del corazón contra su pecho, la exquisita suavidad de sus senos erguidos y la sensualidad dureza de sus pezones.

No llevaba sujetador. Tan solo hacía falta un movimiento de su mano para...

Tragó saliva. Un beso. Nada más.

–Eres preciosa.

–¿Qué? –preguntó ella abriendo los ojos.

–Preciosa –la besó otra vez. El más delicioso y delicado de los besos–. Preciosa.

–Oh –suspiró ella.

No era justo. La estaba usando. Solo lo hacía por placer y tenía que evitarlo sin hacerle daño. Demonios, demonios, demonios.

Solo un poco más, le decía una voz. Un poco más de pasión, de esa boca infinitamente irresistible. Sus pezones eran duros como piedras y su lengua cada vez más atrevida.

Tenía que acabar con eso. Solo necesitaba fuerza de voluntad pero lo único que podía escuchar eran lo latidos frenéticos de su corazón desbocado, clamando por saciar un deseo que hasta entonces no había conocido.

–Eres hermosa –le susurró.

La sonrisa le iluminó el rostro, como si se estuviera imaginando que aquello era el principio de una declaración amorosa.

Había sido un error. Cassian se maldijo a sí mismo.

–No tendría que haberlo hecho –reconoció–. Pero no puedo decir que lo sienta. Espero no haberte ofendido, pero tenía que besarte –confesó honestamente–. Fue un impulso. Estaba tan encantado de que aceptaras el trabajo y... Espero que lo comprendas. ¿Podrás perdonarme?

Ella lo miró con una sonrisa angelical.

–Lo entiendo –murmuró–. Ha sido el momento de excitación...

Al oír eso, Cassian tensó los músculos, pero las palabras siguientes le infligieron una amarga decepción:

–... por haberme ofrecido un trabajo tan maravilloso.

–¡Dios mío! ¡Tienes un aspecto terrible! –exclamó Laura divertida cuando lo vio volver de su carrera matinal–. ¿Qué has estado haciendo?

–Una mala noche.

–¿Y eso? ¿La cama era incómoda? –le preguntó ella inocentemente.

–¡Una carrera hasta la ducha! –gritó Adam a tiempo.

Pero Cassian no aceptó el desafío, sino que se desató los cordones y se dejó caer sobre una silla. Laura esbozó una pequeña sonrisa triunfal. ¿Sería ese el aspecto de un hombre frustrado sexualmente, tras una noche intentando sofocar sus hormonas?

–¿Te apetecen unos huevos revueltos?

–Por favor.

Gruñón, ojeroso y atónito. Mirándole las piernas y los pechos... Se sentía atraído por ella; le gustaba y la respetaba lo suficiente para ofrecerle un puesto de responsabilidad. Y, mirándose al espejo esa mañana, ella encontró por fin a la mujer que esperaba.

Empezó a cantar para sí misma, mientras cocinaba los tomates del huerto. Por primera vez sentía que podía conseguir su sueño.

Cassian salió de la cocina y subió con esfuerzo las escaleras, y ella cantó con más fuerza. Su deber con el señor Walter la devolvió a la realidad. Cassian se ofreció a llevarla en coche a hacer la compra.

–Espero que no importe –le dijo con voz vacilante al anciano cuando abrió la puerta–. Pero he traído a...

–¡Cassian! –exclamó el señor Walter encantado–. ¡Cassian! –exclamó otra vez con afecto.

–Tom –dijo él dándole al anciano un fuerte abrazo ante el asombro de Laura–, viejo libertino. ¿Te quedas aquí sentado y permites que una muñequita te haga la compra? ¿No te da vergüenza? –le preguntó con voz burlona.

–Son los placeres de la edad –bromeó él–. Las piernas de Laura me alegran el día.

Con las mejillas coloradas, Laura entró en la cocina a vaciar las bolsas de la compra. Sentía una extraña satisfacción de que los dos hombres se conocieran.

–Así que os conocéis –comentó ella cuando los dos aparecieron. Cassian rodeaba con un brazo los frágiles hombros del señor Walter.

–Desde hace mucho –dijo el anciano sentándose con dificultad en una silla–. Cassian solía venir aquí cuando era un chaval. Nos íbamos a pescar juntos. Mi Doris le prestaba libros. Los dos eran unos grandes lectores... ¡Espera un momento! –protestó–. Este no es el jamón que te he pedido.

–Es el que siempre toma –repuso ella consciente de que Cassian la estaba mirando.

–Te dije que no me gustan las naranjas grandes –siguió murmurando el anciano–. Y estas coles no son frescas. Mujer inútil –agarró la factura–. ¿Me traes esta basura y te cobran dos peniques de más?

–Lo sé –suspiró ella–. Lo siento mucho.

–Te estás equivocando –interrumpió Cassian–. Ella no se merece esas críticas.

–¿Ella? –pareció que iba a sonreír pero se contuvo–. No es más que una inútil, y su hijo un atontado.

–¡No se atreva a hablar así de mi hijo! –explotó ella–. Puedo aguantar su ingratitud y su mal carácter porque me preocupa, pero no meta a Adam en esto. ¿Está claro?

Dio un golpe tan fuerte a la mesa que las verduras cayeron al suelo. Para su asombro, el señor Walter sonrió y Cassian se echó a reír.

–Ahora es tu madre quien está hablando –dijo el anciano.

–¿Qué? –le espetó con furia.

–Llevo años intentando que sacaras tu mal genio –dijo llorando de la risa–. Quería ver si la sangre de tu madre corre por tus venas. Y estuve a punto de rendirme. No hacías más que disculparte como si fueras de mantequilla. Pero eres como ella –dijo con voz amable–. Era una mujer encantadora. La echo de menos. Supongo que será algo crónico.

–Usted... –ella se sentó con las piernas temblorosas–. Usted... viejo mezquino –espetó, pero no podía ocultar su regocijo–. ¿De... de verdad soy como ella?

–Su viva imagen. Hermosa como ella.

–¡Cuénteme! –suplicó Laura–. No sé nada sobre ella, ¡nada! Por favor, cuéntemelo todo.

–Bueno, pensé que lo sabías. Vamos a ver... Sé que George Morris no la trataba bien. Cualquier tonto podía ver lo infeliz que era y lo ansiosa que estaba por recibir amor. Entonces se enamoró de ese americano que adquirió Killington Manor. Se quedó embarazada y George llevaba un año sin tocarla. Pero el muy canalla no le concedió el divorcio.

–Mi padre... ¿era americano? –preguntó ella con voz débil.

–Así es. Un tipo agradable. Divertido...

–¡Más! –suplicó ella–. ¡Quiero saber más!

–Más, ¿eh? Era alto, moreno, ojos brillantes. Editor. Estaba loco por tu madre, pero claro, pocos podían resistirse a su belleza.

–¿Por qué... por qué nunca me lo ha contado?

–Pensé que conocías los detalles, chica. Cuando vi que no tenías ni idea pensé que era mejor mantener la boca cerrada. No estaba seguro de que pudieras soportar la verdad.

–No hablaban de su madre –explicó Cassian–. Era un tema tabú.

–Pero... ¡tú lo sabías! –le gritó ella.

–Sí –reconoció él–. Pero hasta hace unos días, cuando me dijiste que Thrushton Hall era lo único que tenías de tu madre, no pensé que no tuvieras ningún otro recuerdo tangible. No puedo creer lo que te hicieron, Laura. Es vergonzoso.

Le puso un brazo sobre los hombros, claramente preocupado. Ella lo aceptó, agradecida. No sentía más que desprecio por George y por Enid, por ocultarle la verdad.

–Pero ¿por qué mi... por qué George se quedó conmigo?

–Porque todos pensaban que eras su hija –respondió Cassian.

–¿Mi verdadero padre no reclamó mi custodia? Ella debió de irse con él. ¿No me querían?

El anciano miró a Cassian, quien la apretó más contra él.

–Puede soportarlo –repuso en tono calmado.

–¡Oh, no! –gimió ella–. ¿Queréis decir que están... muertos?

El señor Walker la miró lleno de compasión y de pesar.

–Los dos murieron, muchacha. Dos semanas después de que nacieras. Un tractor los atropelló cuando iban hacia Killington Manor. Iban a vivir juntos allí, contigo. George se quedó entonces contigo, tratándote como hija suya, y solo unos pocos conocíamos la verdad.

A Laura se le escapó un sollozo al pensar lo cerca

que estuvo de tener un hogar feliz. Era demasiado triste. Se abrazó a la cintura de Cassian.

–Nunca me lo dijeron –musitó entre dientes–. Todos estos años he creído que mi madre me había rechazado... ¡abandonado! Oh, Cassian, es muy cruel.

Estalló en lágrimas, y estuvo llorando por los padres que nunca conoció.

Al cabo de un rato se dio cuenta de que los dos hombres estaban hablando.

–... para despedirse bien. ¿Tienes un mapa, Tom?

¡Un mapa! Laura se indignó al oírlo, pero mantuvo la cabeza pegada a la cintura de Cassian.

–Aquí –dijo Tom Walker–. Esta línea.

–¿Y la puerta?

Levantó la mirada, sintiéndose culpable al darse cuenta de lo que estaba haciendo Cassian.

–¡Llévame allí! –pidió con voz afónica apretándose contra su camisa.

–Ven –le dijo, y le puso una mano sobre el pelo–. Haremos un ramo para tu madre con las flores del jardín.

–Y otro día podemos hablar de tus padres mientras tomamos una taza de té –le propuso Tom bondadosamente–. Te tengo mucho cariño, pequeña. Eres como una hija para mí.

–Me gustaría mucho –susurró ella besándolo y dándole un abrazo–. Lo veré pronto.

–Salúdala de mi parte –dijo él con los ojos llenos de lágrimas–. Una buena amiga. De buen corazón. Le prometí en su funeral que te echaría un ojo. Estaría muy orgullosa de ti, Laura.

Ella no pudo hablar por la emoción. Vio que Cassian le apretaba la mano a Tom.

–Tenemos mucho que recordar, Tom. Hasta entonces.

Llevo a Laura hacia la puerta y la mantuvo abrazada mientras caminaban por la calle. Pero se mantuvo apartado mientras ella recogía las flores para su madre.

–¿Cómo sabías que el señor Walker me estaba provocando? –le preguntó con una vocecita.

–En parte porque es un buen hombre y pude verlo en la intención en sus ojos, y en parte porque yo he intentado hacer lo mismo.

–¿Me estabas... provocando? –preguntó con los ojos muy abiertos.

–Algo así –reconoció él–. Cuando hablabas de Adam pude ver que en el fondo eres una mujer apasionada y de fuertes creencias. Quería que encontrases tu propio valor, antes de que tuvieras que enfrentarte con el mundo. Es un lugar maravilloso, y quiero que lo disfrutes.

–Estoy descubriendo demasiadas emociones –dijo ella–. Has barrido todas mis defensas, y me has dejado indefensa ante ellas.

–Pero estás en contacto con tu corazón –dijo él suavemente.

–Es un contacto muy doloroso –murmuró ella.

–También hay placer –le prometió.

–¿En serio? –se puso pálida.

No estaba segura de creerlo. Un escalofrío la sacudió. Pasión... ¿Merecería la pena la angustia que la acompañaba?

Capítulo 9

TARDARON quince minutos en llegar al lugar del accidente. Laura siempre recordaría el perfume de las rosas y el reconfortante tacto de la mano de Cassian.

Instintivamente parecía saber lo que decir, lo que hacer, cuándo guardar silencio...

Salió del coche con ayuda de Cassian y marchó sola hacia la puerta de la granja. Estaba pálida, pensando en la tragedia que se llevó a sus padres. A su madre, a cuya memoria pidió disculpas por haber dudado de ella, y a su padre, un americano a quien nunca vio pero al que seguro que hubiera querido.

Podría haber sido una mujer alegre, jovial, viva... Alguien como Sue, sin temer nada de la vida. Pero le habían arrebatado su herencia, y no estaba segura de quién era.

Sin embargo, a pesar de su tristeza, se dejó invadir por la belleza que la rodeaba. El camino discurría por el valle, erosionado por el deshielo. Cerca se levantaban las ruinas de una aldea medieval. Bajo el sol de septiembre el campo relucía como un manto dorado. En verano se llenaría de vivos colores, brindados por los tréboles, margaritas y ranúnculos.

El muro de piedra estaba cubierto de liquen y musgo, y Laura alargó el brazo para tocar la verde suavidad que tapizaba la roca caliza. En aquel sitio podía sentir el espíritu de su madre. En aquel sitio se encontraba a salvo y en paz.

–Te quiero, mamá –susurró, sintiendo una ola de calor que le invadía el cuerpo–. Ojalá os hubiera conocido. Los tres hubiéramos formado una familia feliz... –sintió una punzada de dolor en la garganta y depositó las flores junto al camino. Cerca los jilgueros entonaban su dulce canto–. Haré que te sientas orgullosa de mí –prometió–. No me convertiré en alguien mordaz y desgraciada como tía Enid. Seguiré el dictamen de mi corazón en pos de la felicidad. No malgastaré mi vida –sollozó–. No lo haré. Y ayudaré a Adam a ser fuerte. Lo hubierais querido mucho, mamá, papá... –las lágrimas le impidieron seguir hablando.

Un momento después se sobresaltó al sentir una chaqueta sobre sus hombros.

–Llevas aquí mucho tiempo –le dijo Cassian–. Tendrás frío...

–Abrázame –le pidió ella.

Él lo hizo y permitió que ella lo apretase con todas sus fuerzas.

–Eran... –murmuró cuando se relajó un poco–. Eran personas encantadoras.

–Y tú eres su hija. Recuérdalo. Eres como ellos –le dijo él acariciándole la espalda.

–Eso... es muy fácil de decir.

–Es la verdad –respiró sobre sus cabellos–. Tal vez ahora puedas ser tu misma. Libre.

Esa idea la consoló. Tal vez fuera el momento de empezar de nuevo.

–¿Podemos pasear?

–Tanto como quieras y adonde quieras. Toma mi mano. Estás temblando.

Con mucho cuidado la ayudó a subir unos escalones y se internaron en el prado. Durante un rato caminaron en silencio, acompañados por el lastimoso canto de los frailecillos.

Encontraron un buen sitio para sentarse y contemplaron las crestas desnudas, taladas siglos atrás, mucho antes de que la peste asolara el país entero en el siglo XIV.

La brisa meció sus cabellos y devolvió el color a sus mejillas. Aquel era su amado Yorkshire, el lugar donde sus padres se enamoraron y murieron. Haría cualquier cosa para quedarse allí. Para siempre.

Él le apretaba las manos y ella se sintió más querida que en toda su vida. Y lloró de nuevo.

–Laura, Laura... –le susurró.

La besó en la mejilla y con los labios le secó cada lágrima que le caía. Y entonces ella sintió la imperiosa necesidad de perderse en sus besos.

–Bésame de verdad –gimió.

–No malinterpretes tus sentimientos –le dijo él con voz áspera–. Estás...

–¡Quiero que me beses! –insistió ella.

–Porque quieres que te consuele –dijo él endureciendo la mandíbula–. Y te abrazaré, pero no haré nada más.

–¿Por qué? –preguntó furiosa.

–Porque te acabarías arrepintiendo, cuando no estuvieses tan turbada.

–¡No lo haré! –clamó ella. Adoraba su boca, el tacto de su piel bajo los dedos.

Desesperada por entregarse a él le enredó los dedos en el pelo y se presionó contra su cuerpo, besándolo con pasión desenfrenada.

Fue maravilloso cuando él respondió, rindiéndose con un gemido a sus impulsos primitivos. Las manos se entrelazaron, incapaces de transmitirse todo la pasión que las dominaba. Laura solo era consciente de su frenético deseo. Quería que la tocara, que la amara... y no perder ni un atisbo de felicidad.

Jadeaba entre lágrimas de pasión... igual que él. Cada caricia despertaba mágicas sensaciones en su cuerpo, los senos se le endurecían al contacto de sus hábiles dedos.

En un momento de incontenible arrebato se encontraron tumbados en la tierra, semidesnudos. Ella sentía un hormigueo electrizante por toda la piel. Los besos de Cassian la estaban llevando a la cima del éxtasis puro.

–¡No puedo aguantar más! –susurró ella intentando desabrocharle el cinturón.

Cuando él le desabrochó la falda ella lo rodeó con las piernas y presionó le pelvis contra su cuerpo. Él la besó con más fuerza y con la mano apretó entre sus piernas. A través de la tela pudo sentir el calor de su palma, como si estuviera tocando directamente su piel.

–Ohhh...

–¡Laura!

Ella lo acarició en el rostro, suplicándole con los ojos que continuara.

–Por favor... –le susurró.

–No... esto no está bien... yo...

–¡Te necesito, Cassian! –exclamó sin dejar de tocarlo.

–No, no, no... –gimió él cerrando los ojos.

–Me dijiste que tenía que vivir –le pasó la lengua por los labios–. Y es lo que hago. Esto es lo que quiero. Ámame. ¡Ámame! –estaba tan excitada que se preguntaba hasta dónde podría llegar. Pero solo actuaba por instinto, por amor...

–Pero después... –empezó a decir él apartando la boca.

–Olvida el después. Solo piensa en el ahora –replicó ella intensamente.

Le tomó una mano y la llevó hasta el palpitante calor de su feminidad. Dejó escapar un gemido de placer. Aquello era lo que siempre había deseado. La liberación sensual con al hombre al que amara. La felicidad le embriagaba el corazón.

Él la acariciaba y la besaba, fascinado por su belleza, por la dulzura de su sensual respiración. Deslizó la boca hasta los pechos y los pezones, endurecidos bajo sus labios.

Había ido demasiado lejos, y ya no podía parar. El deseo se le escapaba de su control.

Siguiendo un impulso feroz consiguió desabrocharse el cinturón, y ambos estuvieron desnudos, piel contra piel.

–¿Estás... estás segura? –tragó saliva, preguntándose que le estaría pasando. La hermosura que tenía enfrente lo absorbía por completo.

–Sí –respondió ella–. Más segura que en toda mi vida.

Un volcán de calor estalló en su interior, pero siguió acariciándola suavemente, hasta que sus desesperados ruegos lo convencieron de que estaba preparada.

Una maravillosa sensación se apoderó de él cuando se deslizó en su interior. Los cuerpos se fusionaron de un modo que parecían estar hechos el uno para el otro.

Y todo explotó en su interior. Una irrefrenable excitación lo sacudió por completo. Un dulce tormento que le robó la conciencia y lo dejó a merced del placer más salvaje. No sabía dónde estaba ni lo que estaba haciendo. Solo que aquello era amor, con Laura, y que no quería que acabase.

Y finalmente llegó la liberación absoluta, y se quedó vacío, mecido por una profunda paz.

Ella le pasó las manos por la espalda y le sonrió, sin poder creérselo del todo. Se sentía rebosante de alegría, tan libre como la alondra que divisaba en el cielo.

—Cassian —le susurró al oído.

—Mmm...

Le abrazó el cuello. Él levantó pesadamente la cabeza y la miró.

—¿Es... es siempre así? —le preguntó ella con ojos brillantes. No estaba segura de poder resistir semejante placer muy a menudo.

—Muy raras veces —respondió él besándola—. ¿Qué me has hecho, Laura? ¿Drogarme?

Ella se echó a reír y le devolvió el beso. No. Solo lo había amado.

—¿Lo he hecho bien?

—Maravillosamente bien —gruñó él—. Dulce Laura...

Se arqueó y le besó los pezones al tiempo que la agarraba por las caderas. Ella se entregó de nuevo, abandonada a su total confianza. Podía liberarse con él sin miedo. Sintió que volvía a llenarla con toda su fuerza y se movió a su ritmo, sin dejar de mirarlo. No solo la excitaban sus exquisitos movimientos, sino también la felicidad que percibía en su rostro.

El nuevo clímax llegó en poco tiempo, pillándola casi desprevenida. La elevó hasta la cúspide del placer y luego la dejó a salvo en los fuertes brazos de Cassian.

Pasó un rato antes de que él comenzara a vestirla. Ella se lo permitió, igual que si fuera una niña obediente. Estaba demasiado extasiada para moverse.

–Laura –dijo él–, tenemos que volver. Tienes que estar en casa por Adam.

–¿Es tarde? –preguntó ella sorprendida.

–Creo que nos pasado la hora de comer –dijo él en tono jocoso.

–No, nada de eso –ella se echó a reír y lo besó dulcemente.

Se dirigieron de vuelta al coche, caminando con dificultad. Laura se detuvo en el camino e intentó visualizar a su madre, feliz y enamorada, viajando junto a su amante y su hija a Killington Manor.

Dejó escapar un largo suspiro. Su madre habría sido feliz, tanto como ella lo era en esos momentos.

–¿Quieres estar sola un momento? –le preguntó Cassian con su nobleza característica.

–No –no quería volver a estar sola nunca más–. Gracias por traerme aquí –le apretó la mano en agradecimiento–. Vámonos a casa.

–Tom me ha dicho dónde están enterrados tus padres –le dijo él–. Te llevaré allí, con Adam.

–Gracias –el sentimiento de gratitud hacia él la dominaba.

Recogieron a Adam del colegio y fueron a una

pequeña aldea próxima a Killington Manor. El cementerio estaba a la rivera de un río, y mientras Cassian buscaba la tumba, Laura le habló a Adam de sus abuelos.

–La he encontrado –anunció Cassian tendiéndoles la mano.

Laura tragó saliva y apretó la mano de Adam. Cassian los llevó hasta una lápida de aspecto vulgar y descuidado

–¡No puedo leerla! –balbuceó Laura con los ojos inundados de lágrimas.

–Dice... «Aquí yacen Jack Eden y Diana Morris». Aquí están las fechas y debajo está escrito: «Separados en esta vida pero juntos en la siguiente». George y Enid no quisieron pagar el funeral, pero la gente del pueblo hizo una colecta y Tom se encargó de la lápida. Como tu padre no tuvo tiempo de cambiar el testamento, la casa y todas sus propiedades pasaron a un primo lejano de Nueva York. A Tom lo preocupó mucho que no recibieras nada, y desde entonces te ha vigilado.

–La gente es tan buena –dijo ella con voz temblorosa–. No me importa el dinero. Tengo demasiado, comparado con otros.

–¡No llores, mamá! –le pidió Adam.

–Estoy triste y feliz a la vez –lo abrazó fuertemente–. ¿Lo entiendes, cariño?

–Sí, mamá –le devolvió el abrazo con sus delgaduchos brazos–. Siento que murieran. Me hubiera gustado tener abuelos. Pero me alegra que no te abandonaran. Te quiero, mamá. Todo saldrá bien ahora.

–Sí –le sonrió y lo besó en la cabeza–. Creo que sí.

Aquella noche, después de hacer los deberes, correr y cenar, los tres se sentaron en el sofá a hablar. Más tarde Adam se fue a la cama y los dos se quedaron abrazados viendo la televisión.

De vez en cuando él la besaba o la acariciaba. Parecía sentirse obligado a tocarla y ella pensaba esperanzada una cosa: que Cassian ya no podía vivir sin ella.

—Ojalá pudiera llevarte a la cama —le susurró él al oído.

—Sabes que no podemos —dijo ella. Le gustaba que pareciera frustrado.

—Lo sé. Es una tortura. Quiero dormirme abrazado a ti y despertar contigo al lado.

—Yo también —susurró ella, feliz de que necesitara su compañía tanto como ella la suya.

—Mañana te llevaré a la oficina y te haré el amor como nunca —le dijo con voz áspera. Se levantó bruscamente—. Tengo que acostarme, Laura —le dijo pasándose la mano por el pelo—. Hasta mañana.

Ella no podía creerlo. La necesitaba con desesperación. Y no solo el sexo sino algo más profundo. Algo más duradero...

Caminó flotando hacia la cama y cayó dormida felizmente en cuanto tocó la almohada.

Capítulo 10

ZUL o verde? –le preguntó ella a la mañana siguiente, en la oficina de Harrogate, agitando las sobras de sedosa espuma como si fueran unas braguitas.

–Vazul, arde... ¡Laura! –gimió Cassian–. No puedo pensar con la cabeza si te mueves así.

–¿Así cómo? –preguntó imitando la danza del vientre.

Totalmente desnudo y con aspecto amenazador Cassian fue hacia ella. Laura soltó un chillido y corrió detrás del sofá, pero no fue lo bastante rápida.

–No puedes huir –le murmuró cubriéndola de besos.

–Creo que me gustará venir aquí –dijo ella alegremente.

–Sabes que no tendrás sexo a diario –repuso él sonriendo.

–Lástima. Será mejor que me vista. Toma otra copa de champán mientras me ducho. Luego me pondré a repartir el dinero a los necesitados.

–¿Tienes todo lo que necesitas? –le preguntó él.

Ella lo miró. Tenía un aspecto increíble, desnudo, masculino, con el pelo alborotado y los ojos brillándole cada vez que la miraba... Sí, tenía todo lo que necesitaba.

–Todo está perfecto –respondió con un suspiro mirando la oficina.

El local era precioso. Tenía el techo alto y las proporciones de una mansión georgiana. Lo habían decorado para que pareciera un hogar de clase alta más que una oficina de negocios.

Estaban en la sala de entrevistas y acababan de hacer uso de la moqueta color crema. La ropa estaba desparramada por todas partes, al igual que las últimas compras: lencería sexy, dos nuevos trajes, ropa para Adam y pequeños adornos.

–Gracias por esta oportunidad –le dijo entusiasmada.

–Gracias a ti –respondió él–. Lo vas a hacer muy bien.

Ella le dio un tímido beso y entró en el inmenso cuarto de baño de mármol. Después de ducharse Cassian la ayudaría a abrir el correo y luego irían a comer. De vuelta a Thrushton Hall Cassian se iría a correr con Adam y a la vuelta la casa volvería a llenarse de risas y música, igual que la noche anterior.

Pensó con regocijo en la cena que los esperaba. Habiendo cobrado un anticipo, podría comprar lo que necesitara para su plan: conseguir ser indispensable para Cassian.

Filetes de ternera aderezado hierbas aromáticas, lonchas de jamón curado, helado de chocolate... Y al día siguiente prepararía pollo asado y un pudin de mantequilla rociado con whisky. La boca se le hizo agua al imaginarlo.

–Champán –Cassian le tendió una copa.

–Por el futuro y la felicidad –dijo ella levantándola.

–Por el futuro y la felicidad –repitió él sonriente.

Mientras él se duchaba ella se puso su elegante traje nuevo y se sentó con orgullo frente a su escritorio, con vistas a un parque. No paraba de pensar en idílicas imágenes para su vida en común; sus hijos creciendo juntos, teniendo otro hijo...

Cuando Cassian volvió apartó las fantasías y se puso a abrir el correo.

–¡Cuánta gente necesita ayuda! –exclamó maravillada ante el enorme montón de cartas.

–Sí, puede ser desolador –repuso él abriendo algunas–. Pero la caridad no alcanza para todos. Te recomiendo que hagas una exhaustiva selección. Clasifícalas según creas que necesitan ayuda urgentemente, que no estén del todo claras, o que haya que rechazar.

Cuando terminó la pila de las cartas que, a su juicio, necesitaban ayuda urgentemente era con diferencia la más abultada de los tres montones.

–Supongo que repartiría todo el dinero en dos meses.

–Y entonces estarías diez meses de brazos cruzados –le dijo él con una sonrisa–. Tranquilízate, Laura. Usa tu intuición y concierta algunas citas.

Laura se concentró en la tarea de meter los datos de los solicitantes en el ordenador. A cada nueva entrada se sentía más a gusto con su trabajo, y las horas se le pasaron muy deprisa.

–Hora de comer –le murmuró él. Parecían haber pasado tan solo unos minutos.

–¿Ya? –miró su reloj–. ¡No puede ser tan tarde!

–Has estado trabajando sin parar. Tómate un descanso.

–Prefiero continuar. ¿Podemos tomar unos sánd-wiches?

–Tengo algo mejor –dijo él y salió del despacho.

Al poco rato volvió con salmón ahumado, ensa-lada de pasta y dos pasteles de crema.

Cuando terminaron de comer Cassian vio que Laura tenía un poco de pasta en el labio y se inclinó hacia ella.

–Espera –le pasó la lengua por los labios, hacién-dola temblar–. Delicioso...

–Se supone que hoy eres el botones así que ve a prepararme un café –le dijo ella con voz altanera, fingiendo que no sentía un calor abrasador.

–Mmm... Siempre tuve la fantasía de ser un boto-nes al que seduce su espectacular jefa –murmuró deslizando los dedos hasta la cremallera del ves-tido–. Sobre su mesa...

Con la mirada ardiente ella se sentó en el escrito-rio y se subió la falda por los muslos.

–Ven y aprende un poco de tu jefa, chico –le su-surró.

Lo vio tragar saliva y se echó hacia atrás. No po-día creer que lo excitara tanto.

El teléfono móvil de Cassian sonó, pero él lo ig-noró. Y siguieron hasta el final.

–Las horas de comida nunca fueron tan diverti-das –dijo ella riendo cuando acabaron–. ¡Ya basta! –protestó al ver que él se excitaba de nuevo–. A tra-bajar.

Siguió pasando datos a ordenador hasta que llegó la hora de volver a casa. Cuando estaban en el coche el móvil de Cassian sonó de nuevo.

–¿Puedes contestar? –le pidió él.

–Por supuesto –se llevó el móvil a la oreja–. ¿Diga?

–Oh. ¿Dónde está papá?

–¡Es Jai! –exclamó ella. Los ojos de Cassian brillaron como dos faros.

–No puedo pararme aquí. Es peligroso. Mira a ver qué quiere.

–Está conduciendo. ¿Quieres que le diga algo? –le preguntó ella a Jai.

–Sí. ¿Puede decirle que estoy en la valla de su casa?

–¿Cómo? ¿Ya has llegado? ¡Estupendo! Pero... tardará media hora en llegar, más o menos.

–No importa. Esperaré –dijo Jai con voz tranquila.

–¡Está aquí! –le dijo a Cassian después de colgar–. ¡Está en casa!

–Tuvo que ser él quien llamó antes. Olvidé escuchar el contestador –dijo entusiasmado–. No puedo esperar a que lo conozcas. Y Adam también. Vamos a recogerlo al colegio.

Laura sonrió. Los cuatro juntos. Como una familia.

–Yo tampoco puedo esperar.

El ruido de la música marroquí que Jai había llevado era ensordecedor, pero a Laura le encantaba. Estaba haciendo la cena, y a la vez intentaba no perder detalle de los fascinantes relatos de Jai. Le contaba a Adam cómo eran las casas de los beréberes en las montañas, los imponentes desfiladeros, los verdes valles, las fortalezas en ruinas. Y sobre todo hablaba de los habitantes. Los coloridos atuendos de las mujeres, el sentimiento tribal que imperaba entre las familias, la sincera hospitalidad que profesaban a todo viajero...

Jai era la viva imagen de Cassian. Moreno, bronceado, locuaz, sin una pizca de arrogancia...

Laura sonrió recordando el encuentro entre Jai y su padre. Cassian había salido disparado del coche y los dos se habían fundido en un largo abrazo, inundado de lágrimas.

Sin darse cuenta había abrazado a Adam y su hijo le apretó la mano.

–¿Verdad que ahora todo es perfecto, mamá? –le preguntó mirándola con afecto.

–Perfecto –repitió ella, prometiéndose que lucharía por que siempre fuera así.

Desde entonces no había dejado de sonreír, ni siquiera cuando sirvió bróculi en una fuente y carraspeó para llamar la atención de los hombres.

–La cena está lista –anunció–. Jai, ¿quieres cenar aquí o en el comedor?

–¡Aquí, por favor! –exclamó él–. Es muy agradable. ¿Podemos encender velas?

–¡Voy por ellas! –se ofreció Adam poniéndose de pie.

–Voy contigo.

Los dos chicos desaparecieron y Cassian miró a Laura. Despedía tanta felicidad por los ojos que sería imposible no enamorarse de él.

–Es un chico estupendo.

–Eso creo. Me alegra que también te guste a ti.

Los dos se quedaron mirándose, sonriéndose mutuamente, como embobados.

–¡Caramba! –exclamó Jai al volver–. La ternera tiene un aspecto delicioso, y huele que alimenta. No puedo esperar más. ¡Me muero de hambre!

Laura le sirvió satisfecha las patatas y las verduras.

–¿Desde cuándo no has comido, Jai?

–Mmm... desde Skipton, justo antes de que mi guardaespaldas me subiera al autobús.

–Me pregunto lo que pensaría la gente al ver a un beréber en la parada de autobús –dijo Adam con una risita.

–Llamaba la atención –reconoció Jai–. Pero Karim es licenciado en Psicología, y entiende el comportamiento de las personas. Me encanta Inglaterra, Laura. La gente es muy amable.

–¿Estás seguro? –preguntó ella un poco asombrada.

–Yo les sonreía y ellos a mí –repuso él alegremente.

–Me lo imagino –ciertamente, el chico era un encanto–. Pero no todos los días nos encontramos con un beréber.

Él sonrió y le dio un bocado a su comida.

–¡Guau! ¡Está buenísimo, Laura! ¡De lo mejor que he probado!

–Gracias. Me preguntaba qué opinarías de la comida inglesa después de todos los platos exóticos que habrás probado.

–Esto es un plato exótico para mí. Nunca había estado en Inglaterra. Papá casi nunca paraba de hablarme de este país y de Yorkshire.

–Exagerado –protestó Cassian.

–En el último mes solo lo he oído hablar de los

hermosos valles, los prados verdes, las colinas, las aldeas... ¿Y sabes una cosa, papá?

–¿Soy aburrido?

–¡En absoluto! –respondió con una sonrisa–. Este país me ha encantado aunque... ¿vamos a vivir aquí, papá?

–¿De verdad podéis vivir aquí? –se apresuró a preguntar Adam, antes de que Cassian pudiera contestar. Pero Laura vio que Cassian fruncía el ceño–. Sería fantástico.

–¡Por supuesto! –exclamó Jai–. Podrías enseñarme ese camino de los muertos del que me hablaste y ese puente... ¿Emily's Bridge? Y ese otro puente colgante que...

–¡Todo! –confirmó Adam–. Mañana es sábado y no tengo que ir a la escuela. Nos levantaremos temprano e iremos a ver las minas romanas, y una fragua victoriana y...

–¡Papá! –miró a Cassian con ojos ansiosos. Podemos quedarnos, ¿verdad?

Laura dejó de comer. Su futuro se decidía en esos momentos. Era obvio que Jai pensaba que su padre había alquilado la casa. Había pasado dos años alquilando habitaciones en Marruecos, dos años en un apartamento en Egipto y también había estado en Madagascar.

–Había pensado que nos quedásemos una temporada... –empezó a decir, pero fue interrumpido por los gritos de júbilo de los niños.

–¡Estupendo, papá! Laura, ¿no te importa? –preguntó Jai.

–No... no me importa, claro que no. Me encantará teneros aquí –balbuceó consciente de la mirada de

Cassian. Pero era su problema si no le contaba a su hijo la verdad.

Jai se levantó y se acercó a ella para darle un fuerte abrazo.

—Será como tener una madre. Siempre he querido tener una, pero papá no colaboraba...

—Jai... —gruñó Cassian.

—Será como vivir en un hogar con una madre —continuó Jai, sin prestar atención a la advertencia de su padre–. Ojalá hubiera tenido madre.

—¿Tu madre ha muerto? —preguntó Adam con la franqueza propia de un niño.

—Murió cuando yo nací. Papá dice que era la mujer más hermosa que había visto. Te enseñaré fotos de ella. Era muy inteligente. Una escritora. Papá nunca lo ha superado.

—¡Jai! —le advirtió otra vez su padre.

—Es cierto, papá. Me dijiste que nunca amarías a otra mujer, ¿recuerdas?

—Sí —respondió Cassian en un débil susurro–. Lo recuerdo.

Laura se había puesto rígida. Aquello era horrible. ¿Alguna vez podría Cassian olvidar a su mujer perfecta? Las esperanzas se le derrumbaron de golpe.

—Ojalá hubiera tenido un padre —dijo Adam mirando esperanzado a Cassian.

Ella no sabía dónde mirar. Los chicos estaban sacando a la luz sus sueños y pesadillas. Echó una mirada fugaz a Cassian, quien cortaba su filete en trozos cada vez menores.

—¿Qué le pasó a tu padre? —le preguntó Jai a Adam.

—Abandonó a mamá —respondió él indignado—. La dejó en la estacada. Pero ella es la mejor madre del mundo. Podemos compartirla, si quieres.

—¿De verdad? —preguntó Jai tristemente.

—Claro que sí, Jai —respondió Laura. El corazón le había dado un vuelco.

—Creía que te gustaba viajar por el mundo, Jai —dijo su padre, empeñado en diseccionar a fondo el filete.

—¡Y me gusta! Me encanta conocer nuevos lugares y que seas tú quien me dé lecciones...

—¿Tu padre te da lecciones? —le preguntó Adam sobrecogido.

—Sí. Nuestra vida es como la de los nómadas y por eso no puedo ir al colegio. Papá me hace estudiar mucho, ir de compras al zoco, calcular los precios... Y aprender cosas como los efectos del clima en las personas. También me enseña cosas de arte y me manda a hablar con muchas personas para aprender de ellos. Y al final del día, cuando termina de escribir, hablamos de lo que he aprendido.

Laura arrugó la frente. Cassian se había puesto tenso y parecía estar advirtiendo a su hijo de algo con la mirada. Pero Jai no se dio por aludido.

—Por supuesto —siguió diciendo—, cuando papá está embarcado en alguna novela, tengo que estudiar por mí mismo. Repaso el idioma local o pinto un poco. Es muy divertido.

La cabeza de Laura era un torbellino. La mujer de Cassian había sido una escritora, y él pasaba largas horas «embarcado en una novela».

—Escribo novelas de suspense —explicó tranquilamente Cassian al ver la expresión de Laura—. Lo

hago bajo un pseudónimo y no le digo a nadie, abso-
lutamente a nadie, quién soy. No quiero que se me-
tan en mi vida privada. Viajamos por todo el mundo
y así puedo encontrar el escenario adecuado para un
libro.

—¡Guau! —exclamó Adam ciego de admiración—.
¿Eres famoso?

—No con este nombre.

—No se lo diremos a nadie —dijo Laura mirando a
su hijo—. ¿Verdad, Adam?

Un escritor... Y si Jai no se hubiera ido de la lengua, jamás lo habría sabido. Cassian ni siquiera iba
a revelarle su pseudónimo. Había una gran parte de
su vida que no quería compartir con ella.

—La vida que llevamos me encanta, papá —dijo
Jai—, pero me gustaría pasar una temporada en esta
supercasa. Adam y yo nos llevamos muy bien y hubiera elegido a Laura como madre entre un millón
de mujeres.

—Está bien, Jai —respondió su padre un poco for-
zado—. Nos quedaremos un par de años, al menos.
Después... no estoy seguro. Ya sabes cómo son las
cosas.

—¡Dos años! —exclamaron los chicos al unísono.
Cassian abrió la boca pero la cerró.

Laura estuvo a punto de unirse al jolgorio. Se
sentía un poco mejor. Tenía dos años más por delante, y los vivirían tan íntima e intensamente que al
final Cassian no podría marcharse. Tal vez ni fuera
tan bonita ni tan especial como su difunta esposa,
pero era una parte importante de su vida, y eso bastaba.

—Estoy rendido —anunció Jai con un bostezo un

rato después, cuando todos estuvieron sentados frente a la chimenea–. ¿Os importa si me voy a la cama?

–Te prepararé la cama –dijo Laura.

–¿Dormiré en la misma habitación que Adam? –preguntó esperanzado.

–Si quieres... –tuvo que taparse los oídos ante el griterío de los dos niños, quienes la abrazaron a la vez.

–Parece que eres un éxito, Laura –dijo Cassian en tono pensativo–. Vamos, chicos. Un baño rápido y a la cama. Os contaré la historia del fantasma del minero que vaga por Bardale Peak, si estáis acostados dentro de quince minutos.

–¡De diez! –gritó Adam, y subió corriendo las escaleras seguido por Adam.

–Un día maravilloso, ¿verdad? –le preguntó Laura.

–Accidentado.

La ayudó a preparar la cama de Jai en el cuarto de Adam. Laura canturreaba en voz baja, henchida de felicidad.

–No te imaginas lo que esto supone para mí, Cassian –susurró con los ojos llenos de lágrimas–. El hecho de que Adam tenga a un amigo, de que te tenga a ti... supone más que todo el oro del mundo.

Él lo comprendió muy bien. Su propia felicidad dependía del bienestar de Jai.

–Voy a decirles que se den prisa –dijo secamente. Ella lo miró decepcionada, por no ver reflejada su felicidad, y bajó las escaleras.

Cassian les gritó a los chicos desde la habitación. No podía seguir con aquello. El sexo estaba muy bien, pero el amor era algo distinto. Supondría perder su libertad, volver a las ataduras de su juventud...

–¡La historia! –gritó Jai entrando como una exhalación. Cassian lo agarró y lo zarandeó en el aire, riendo a pesar de sus preocupaciones. Hizo lo mismo con Adam; el chico necesitaba desesperadamente esos cariñosos vapuleos.

Dios... ¿Qué iba a hacer? ¿Romper tres corazones?

Capítulo 11

CUANDO Cassian se sentó en el estudio, después de haber esgrimido la excusa del trabajo, seguía sin poder quitarse a Laura de la cabeza.

No podía trabajar, ni quedarse allí deseando que solo estuvieran Jai y él. La imagen de Laura le ocupaba todos sus pensamientos y le impedía pensar con lógica.

Finalmente se dirigió hacia la salita, donde ella estaba leyendo un libro de recetas. Ciertamente, su cuerpo era el plato más apetitoso y no podía contemplarlo sin sobrecogerse de deseo. Al verla allí sentada, tumbada en el sofá, con las mejillas reflejando el calor de la chimenea, sintió el doloroso impulso de pedirle que se quedara para siempre.

–Me voy arriba –dijo con la voz más despreocupada que pudo–. La cena ha sido fantástica. Buenas noches.

Ella alzó la vista y se levantó, y él sintió sus pies clavados al suelo.

–Buenas noches –dijo dulcemente pasándole los brazos por el cuello.

Y él se encontró besándola, quedándose sin respiración por aquellos labios tan sensuales.

–Estoy encantada de que Jai esté aquí –dijo ella

arropándose entre sus brazos y besándole el cuello–. Nunca había besado a un escritor famoso –murmuró.

Él le sonrió. Se sentía en paz a su lado, y no quería secretos entre ellos.

–También soy rico –dijo en tono jocoso–. Pero no me quedo con mucho. Tomo lo que necesito y el resto...

–¿A las obras de caridad?

–Confío en que no se lo cuentes a nadie.

–Eres el hombre más fascinante que he conocido –le dijo ella acariciándole la mejilla.

Un cúmulo de sentimientos se apoderó de él; orgullo, deleite, satisfacción...

–Todavía hay más –dijo riendo. Le besó la nariz y se apresuró a escapar.

A la luz del amanecer, Cassian contempló las nubes y la silueta de las colinas lejanas. Se ajustó la correa del casco y empezó a correr hacia el borde de la cumbre, seguido por una enorme lona de color naranja.

Libertad...

Dio una profunda exhalación de alivio. Hacía tiempo que no volaba, y echaba de menos la sensación de despegarse de la tierra.

Aprovechó una corriente de aire para tomar más altura. Podía divisar Thrushton Hall en las afueras del pueblo. ¿Qué tendría aquel lugar que lo hacía sentir tan bien? Era como si hubiera vuelto a su hogar, como si hubiera olvidado los traumas de su juventud.

Y Laura... sus sentimientos hacia ella eran más fuertes que cualquier otra cosa, pero sabía que una relación sería atar su libertad con cadenas.

No tenía intención de que ella y Adam se quedasen. Cuando dijo que se quedarían un par de años se refería a Jai y a él. Tendría que hacer algo al respecto, pero ni siquiera se atrevía a planteárselo él mismo.

El viento soplaba con más fuerza y tuvo que abandonar sus meditaciones para controlar el paracaídas. Pero perdía cada vez más altura y no le quedó más remedio que aterrizar.

El vuelo había sido emocionante, pero no tanto como en otras ocasiones. Se dio cuenta de que estaba ansioso por tomar tierra, por regresar... junto a Laura.

Soltó un gemido. Se imaginó volviendo a casa, haciendo el amor con ella... Empaquetó el paracaídas con pesar. Solo existía Laura, solo el deseo de abrazarla, de poseerla.

El trayecto era corto pero se le hizo eterno. Y cuando volvió y la llamó lo golpeó un silencio sepulcral.

Quería verla sonreír, escuchar la dulzura de su voz, oler su embriagadora fragancia a jabón de geranio y vainilla. Pero sin ella la casa estaba vacía, muerta...

Para mantenerse ocupado salió al jardín y empezó a pensar en las plantas que cultivaría. Gracias a los conocimientos botánicos que aprendió en Marruecos llenaría el jardín con una gran variedad de especies que tendrían uso culinario y medicinal:

hierbabuena para alejar las moscas, ortigas como pesticidas, manzanilla, trinitaria, cebollanas...

¿Qué más podría hacer? Un gallinero para tener huevos frescos, ampliaría el huerto...

Contempló extasiado la casa, bañada por el sol. No quería pasar allí un par de años. Quería pasar el resto de su vida.

—Pareces muy feliz —oyó la suave voz de Laura a sus espaldas.

—Lo soy —pero no le dijo por qué. Le temblaban las rodillas de volver a verla.

—Yo también. El señor Walker me ha estado hablando de mi madre. ¡Es maravilloso saber algo de ella, Cassian!

—Me alegro mucho por ti —dijo él tocándole ligeramente el brazo.

Ella se acurrucó contra su pecho y de pronto todo volvió a cobrar vida: la casa, el jardín, él mismo... Entrelazó los dedos en sus cabellos y sus radiantes ojos parecieron derretirse en los suyos. Él bajó la vista hasta sus labios; el corazón le dio un brinco. Era inútil resistirse.

—Te deseo —le dijo con voz ronca.

Ella se separó con una sonrisa seductora y caminó hacia la puerta. A los pocos pasos lo miró por encima del hombro, invitándolo a seguirla.

Y él la siguió, dominado sin remedio por aquella sonrisa, aquellos ojos azules, aquel cuerpo exuberante. Deseó con todas sus fuerzas que solo se tratara de pura lujuria.

Hicieron el amor tan lenta y dulcemente que casi derramaron lágrimas de frustración reprimida. Pero el orgasmo lo sobrecogió y lo enervó al mismo tiempo. Aquello no podía ser tan perfecto. Dos cuerpos no podían seguir semejante armonía en sus movimientos.

Él no quería moverse, solo quería permanecer junto a ella en un glorioso estado de dicha increíble. Y de miedo. La situación se le estaba yendo de las manos.

Era como si su existencia dependiera de Laura. Sintió que la garganta se le secaba de terror.

Más tarde, cuando bajaron las escaleras de la mano, Cassian pensó que tenía que aclararlo todo, sin perder más tiempo.

—Laura —le dijo mientras ella empezaba a hacer el pan—. Tengo que hablar contigo. Hay que dejar las cosas claras...

—¿Las cosas? —preguntó ella, alertada.

Él tuvo la precaución de mirar por la ventana. Sin aquel rostro tan sensual delante de sus ojos podría concentrarse mejor.

—Durante los últimos días he sentido todas las emociones posibles...

—Yo también.

Supo que le estaba sonriendo y quiso acabar lo antes posible.

—Todo... todo ha sucedido tan deprisa que apenas sé dónde estoy...

—Sí, es maravilloso pero también espeluznante —afirmó ella.

—Tenemos que ir despacio.

—Si tú quieres... —dijo ella despreocupadamente.

Él levantó la cabeza, aliviado. Ella no iba a atarlo con las cadenas del compromiso, no iba a pedirle nada más serio. Sintió que le quitaban un peso de encima. La observó amasar el pan. Con la fuerza justa. Serena. Sin perder el control.

–Me alegra que lo veas así –le murmuró él.

–Me pregunto dónde estarán los chicos –dijo ella mirando por la ventana–. Seguro que vendrán cubiertos de barro. Menudo trabajo que me espera –añadió alegremente.

Él sabía lo que estaba pensando: que sus hijos eran inseparables. Pero eso significaba que tendrían que vivir como una familia...

–Laura, no quiero perder lo que hay entre nosotros...

–Ni yo tampoco –le echó una mirada tan dulce que él fue incapaz de permanecer quieto.

–Sabes que no me gustan los compromisos. Y que no me gusta estar atado a...

–¿De qué compromisos estás hablando? ¿Y quién te tiene atado? –preguntó ella con voz amable–. Entras y sales a tu antojo y yo no te pido explicaciones...

–No es eso –interrumpió él–. Deja que te lo explique. Me dijiste que no me acercara a Adam para que no se encariñase conmigo, ya que no iba a formar parte de su vida... No, espera, déjame terminar –le pidió cuando ella iba a decir algo.

–Te escucho –la voz le temblaba. Dejó la masa y lo miró fijamente.

–Corremos el peligro de que nuestros hijos se hagan una idea equivocada.

–¿Ah, sí? –al azul de sus ojos adquirió un penetrante brillo.

–Me preocupa que nos estemos acomodando demasiado a esta situación.

–No hay nada malo en ello, salvo esos interminables «buenas noches» –sonrió malévola.

–¿Y qué ocurre si todo esta mal? –espetó él–. Has visto lo obsesionado que Jai está contigo. Lo último que quiero es preocuparlo, y no sabemos lo que pasará entre nosotros. Puede que estemos juntos una temporada, o puede que nos separemos mañana. La vida es impredecible y no quiero que los chicos piensen que esto es algo permanente.

Vio el dolor en sus ojos y sintió que lo partían en dos, pero tenía que ser honesto.

–No puedes proteger a Jai de todo –susurró ella–. Tú me enseñaste eso. ¿Qué pasa con lo de disfrutar la vida, con lo de aprender a superar las decepciones?

Laura no iba a aceptar sus argumentaciones. Ella quería un compromiso, un matrimonio estable, cosa que él no podía ofrecer. Sabía que la estaba perdiendo pero tenía que seguir adelante con la nobleza.

–Jai es apasionado y muy impulsivo. Cree que eres maravillosa. Lo que sugiero es que podemos enfriar un poco las cosas y mantener una relación... amistosa, si nos distanciamos un poco.

–¿Y cómo sugieres que lo hagamos? –lo miró con una provocativa inclinación de cabeza–. Si hasta me resulta difícil no tocarte, Cassian. Y siempre nos estamos mirando. Los chicos no son tontos.

–Tal vez si... –frunció el ceño–, si no viviéramos juntos nos resultaría más fácil –dijo con una dureza inintencionada, mirándose los zapatos con un repentino interés–. Yo no quería que llegásemos a esto. No quería decir que fuéramos a vivir todos juntos durante un par de años. Adam y tú debéis iros a otra parte. Podéis vivir en el pueblo, o en Grassington... Os compraré una casa...

–Y así sería tu amante secreta –dijo ella fríamente.

Cassian dio un paso adelante pero ella retrocedió. El pánico se apoderó de él.

–Tendríamos una relación –la corrigió él–. Lo pasaríamos muy bien todos juntos, les contaríamos cuentos a los chicos, ese tipo de cosas...

–Y usaríamos tu coche para el sexo. O en medio del campo.

–No es eso lo que...

–Sí, lo es –cruzó los brazos y lo miró siniestramente–. Eso es lo que quieres. ¡Pues no pienso ser una madre de alquiler para tu hijo ni una amante de lujo para ti!

–Por favor, no me malinterpretes. Los dos estamos de acuerdo en que tenemos que ir despacio. No pienses que te estoy usando. Quiero mucho más que eso...

–¿El qué? –gritó ella–. ¿Quedarte dormido a mi lado? ¿Despertar y encontrarme en tus brazos? ¿Qué tendría que hacer? ¿Salir corriendo cada mañana para volver a casa? ¡No, Cassian! No quiero estar siempre a tu disposición. Me merezco mucho más. O vivir contigo o nada. Y quiero decir «nada». Tú eliges.

Él la miró horrorizado. No se imaginaba lo que sería estar sin ella...

–No me he expresado con claridad –las palabras se le atragantaron en la garganta.

–Oh, sí, claro que sí –le espetó con furia–. Es por

tu esposa, ¿verdad? Crees que no podrás amar a otra mujer porque ella era la mejor. Bueno, pues yo no soy el segundo plato de nadie. Y si no te gusta como soy, con arrugas y demás, al menos ten el coraje de decírmelo. Pero no me utilices para aliviar tu culpa porque Jai necesite una madre, ni tampoco para saciar tu apetito sexual. No es justo. Yo también quiero sexo, pero quiero mucho más del hombre al que entrego mi cuerpo. De modo que elige si te quedas conmigo, en carne y hueso, o con tu perfecta esposa que está muerta, Cassian, ¡muerta!

–¡Te equivocas! –dijo él agarrándola por los brazos. Ella intentó empujarlo pero él se resistió–. Mi mujer no era perfecta. Ni mucho menos.

–¡Te casaste con ella!

–Y no me arrepiento. Me casé con ella porque tenía dieciocho años y estaba dominado por mis hormonas. Ella era cuatro años mayor que yo y con una gran experiencia a sus espaldas. Sabía cómo excitar a un hombre pero no tenía la menor sensibilidad. Me convenció para que me casara porque ya estaba embarazada de cuatro meses. ¡Sí! Embarazada de otro hombre.

–¿Jai? –susurró ella.

–Exacto.

–Pero... él es... tan parecido a ti.

–Su madre era morena. De sangre española –dijo él tristemente–. Era preciosa pero solo por fuera –puso una expresión de horror al recordar–. Era muy cruel con los animales, no tenía compasión por los ancianos, y se burlaba de los menos agraciados físicamente. María era una auténtica ramera. La odiaba por haberme engañado.

–Pero está muerta, Cassian... –dijo con ella con compasión.

–No, no lo está.

–¿Qué?

Él se sintió agotado, como si la mentira le hubiera arrancado algo vital.

–No murió. Mentí a Jai –confesó–. No quería que tuviera el menor contacto con ella. Había intentado abortar, Laura. ¡A su propio hijo! No quería saber nada de él. Para ella suponía una carga, un parásito que le arruinó su estupenda figura. Cuando Jai nació me lo puso en los brazos y se esfumó. Nunca volví a saber nada de ella. Me costó varios años conseguir el divorcio y ser libre de nuevo. Jai no es mi hijo pero...

Laura se quedó petrificada. Había oído algo a sus espaldas. Cassian miraba horrorizado a algo, o alguien, detrás de ella. Y ella supo de quién se trataba antes de darse la vuelta.

Capítulo 12

ERA JAI. Volvía sucio y despeinado de sus aventuras. Parecía empequeñecido, patético, y miraba a su padre con la boca abierta y una expresión de espanto.

Y entonces profirió un desgarrador alarido, como el de una bestia herida, y salió corriendo antes de que Cassian o Laura pudieran moverse.

—¡Jai! —gritó él, e hizo ademán de seguirlo.

—¡No! —Laura se lo impidió agarrándose a él—. ¡Tú no!

Cassian intentó dar un par de pasos y a punto estuvieron de caer.

—¡Es mi hijo! —empezó a llorar y Laura luchó por no hacer lo mismo.

—Está huyendo de ti, no está yendo hacia ti —le dijo ella con la voz más tranquila que pudo—. Deja que vaya yo. Danos un rato para hablar.

Sin esperar respuesta se fue hacia el vestíbulo. Allí estaba Adam, turbado e inmóvil.

—¿Adónde ha ido?

—A la salita —gritó él—. ¿Qué ha...?

Laura entró veloz en la salita. Estaba vacía.

Se mordió el labio. ¿Habría escapado por la ventana? Se asomó, pero no vio rastro de él. Pobre chico... Su mundo se había derrumbado; las imágenes de su madre, encantadora, buena y cariñosa...

Entonces oyó un débil sollozo. Salía del armario.

–¿Dónde está? –preguntó Cassian irrumpiendo en la salita.

Ella no contestó pero lo contuvo con la mano. Lentamente se acercó a la puerta del armario.

–Jai –lo llamó suavemente–. Soy yo, Laura –intento abrir pero la puerta estaba cerrada por dentro. Recordó que Cassian le dijo que de joven puso una cerradura interior para no quedarse encerrado de verdad–. No llores, cariño –le dijo con todo el amor y la compasión de que fue capaz.

Oyó una explosión de lágrimas. Tenía que hacer las cosas bien. Les indicó a Cassian y a Adam que salieran de la salita.

–Solo estoy yo, Jai –se lo imaginó sentado llorando desconsoladoramente, sentado en el frío suelo de piedra–. No te quedes ahí solo. Ven y abrázate a mí. Nos sentaremos en el sofá y hablaremos, si quieres. Confía en mí. Sé lo terrible que debe de ser. Yo también escuché cosas sobre mi madre que me partieron el corazón. Ven conmigo. Te comprendo muy bien.

Los sollozos disminuyeron y ella supo que la había escuchado. Espero con la respiración contenida, hasta que finalmente oyó que la llave se giraba; la puerta se abrió un poco.

–Cassian no está aquí –le susurró–. Solo estoy yo.

Por la rendija de la puerta apareció un rostro demacrado por la tristeza.

Laura abrió los brazos y Jai se refugió en ellos.

–Ven –lo guio hasta el sofá–. Acurrúcate aquí. Llora si quieres. Soy impermeable.

Estuvo acariciándolo durante un largo rato, besándole de vez en cuando la frente, hasta que el llanto se calmó.

–Mi... mi madre era una bruja –gimió–. ¡No me quería!

–Pero Cassian sí –le recordó ella.

–¡No! Tuvo que cargar conmigo.

–Sabes que eso no es cierto –lo besó en la sien y le apartó varios mechones de la frente–. Cassian está loco por ti. Él siente que eres su hijo, en todos los aspectos menos en su sangre. Está más orgulloso de ti de lo que debería estar –le dijo sonriendo.

–Mi madre era una fulana y mi padre un desconocido.

–Eso es terrible para ti –reconoció ella–. Yo creía estar en la misma posición que tú ahora. Al final tuve suerte y descubrí que mi madre no era la bruja que me habían dicho que era. No puedo convencerte de que tu madre era una santa, pero tal vez estaba preocupada de quedarse embarazada y de que nadie la quisiera. Las personas hacen cosas terribles cuando tienen miedo, Jai. Buscan su propia salvación. Así ha sobrevivido la Humanidad –lo apoyó dulcemente en su regazo y le acarició las mejillas–. Tal vez tu padre no supiera que tu madre estaba embarazada. Tal vez ella se lamentara de haberte abandonado. No podemos estar seguros de nada, excepto de una cosa.

–¿De qué? –preguntó él con una voz deliciosamente gruñona.

–Cassian te quiere –le dijo con voz apasionada–.

Eres lo más importante de su vida. Muy pocas personas reciben un amor así. Eres muy especial, Jai, y muy afortunado.

–¡Me mintió! –insistió él apretando los puños.

–Lo sé. Y eso demuestra lo mucho que te quiere. Cassian nunca miente. Siempre dice la verdad, por muy dura que sea. Pero por ti hizo una excepción. No podía contarte la verdad sobre tu madre. A lo mejor lo hubiera hecho en le futuro, pero tú querías pensar en ella como en alguien maravilloso, ¿verdad? De modo que se inventó una madre ideal para ti. Imagina lo duro que tuvo que ser para él hablarte tan bien de la persona que le hizo tanto daño. ¿Comprendes por qué se vio obligado a mentirte, Jai?

Cassian escuchaba detrás de la puerta, con la respiración contenida y con la mano de Adam fuertemente agarrada. No era nada sin su hijo. Y no era nada sin Laura.

–Sí –oyó que Jai susurraba.

Luego oyó que Laura murmuraba algo y supo que lo estaba abrazando. Cerró los ojos, lleno de alivio, de gratitud y de admiración.

Laura era... no consiguió encontrar ninguna palabra que definiera todos sus sentimientos. Era mucho más que maravillosa, mucho más que buena, mucho más que la persona más encantadora del mundo...

–¿Estás bien? –Adam le apretó la mano.

Él tragó saliva y asintió. Era incapaz de hablar.

–¿Qué te parece si llamamos a tu padre? –oyó que Laura preguntaba.

–Mmm –Jai se sorbió las lágrimas.

Adam le sonrió. Tenía la sonrisa de su madre.

Dios, la amaba...

–¡Cassian! –gritó ella–. ¿Estás ahí?

Él no podía moverse. La quería tanto que el amor lo dejaba sin aire en los pulmones, clavado en el suelo. Había estado tan ciego... Temía tanto perder su libertad que le había ofrecido ser su amante, como si fuera un pájaro enjaulado.

–¡Cassian! –ella gritó más fuerte, y Adam tiró de su mano.

Laura no era como María. Ella siempre respetaría su libertad. Pero entonces se dio cuenta de que no quería esa libertad. Lo único que quería era estar con ella, vivir con ella, preparar el desayuno, ayudar a los chicos a hacer sus deberes, pasear por el campo, cultivar el jardín... Todo con ella, amándola con toda la fuerza de su corazón.

Turbado, obedeció a los tirones de Adam y entró en la salita como un autómata.

–¡Papá! –exclamó Jai.

Se lanzó a sus brazos. Y también lo hizo Adam. Y también... percibió el perfume de Laura, acercándose a él.

Sintió que lo empujaban al sofá. La tristeza era tan fuerte que no pudo responder a las desesperadas disculpas de su hijo, pero al ver lo preocupado que estaba hizo un esfuerzo.

–Estoy bien. Solo un poco emocionado. Te quiero, Jai. Nunca quise hacerte daño.

–No importa, papá. Te tengo a ti y eso es lo que importa. Y ahora tengo además a Laura. Es como siempre imaginé que sería mi madre.

Él no podía decirle que Laura estaba a punto de abandonar sus vidas. No era el momento. Pero sabía que tendría que pagar con su soledad la pérdida de su gran amor.

—Bueno, chicos, ahora vais a dejarme respirar y vais a meteros inmediatamente en la bañera. ¿Qué habéis estado haciendo? ¿Nadar en el barro o algo así?

Los chicos se rieron y se levantaron del sofá. Jai se quedó dudando un momento y se inclinó para darle un beso.

—Te quiero, papá.

—Te quiero, Jai.

Enseguida los dos niños subieron corriendo las escaleras, gritando y riendo.

—Cassian —la voz de Laura sonó dulce y suave, como siempre.

Qué idiota había sido. La libertad no siempre consistía en estar solo y hacer lo que quisiera.

Era como volar. Solo podía permanecer en el aire si soplaba el viento, y si manejaba correctamente su paracaídas... y si el paracaídas no estaba dañado.

Y para empezar a volar necesitaba apoyarse primero sobre una superficie firme. La seguridad de una familia. El cuidado de la persona adecuada.

—Lo siento, Laura.

—¿Por qué?

—Por haber venido.

No podía mirarla, aunque las lágrimas tampoco se lo hubieran permitido. Se sentía intimidado, aterrorizado y desesperado. ¿Qué pensaría ella de él?

—¿Qué quieres decir? —le preguntó ella.

—Si no hubiera venido...

—Yo seguiría siendo una ratita, y no habría conseguido un trabajo magnífico, y Adam no sabría lo mucho que lo quiero.

–De acuerdo, se ha conseguido algo bueno –concedió él. Ella quiso ayudarlo pero permaneció quieta y paciente–. Creo que sería mejor para todos si... me marcho. Adam y tú podéis quedaros aquí.

–Oh –meditó unos momentos–. ¿Puedo tener huéspedes?

–¿Huéspedes? –frunció el ceño–. Sí, supongo. Esta será tu casa.

–Y... si me enamoro de alguien, ¿te importaría que lo trajera?

–Es tu casa y tu decisión –dijo mordiéndose el labio. Ella pudo ver cómo tensaba todos los músculos del cuerpo.

–Entonces –susurró acercándose a él–, ¿cuándo vendrás?

Durante unos segundos pensó que no la había oído. No emitió el menor sonido ni hizo el menor movimiento. Parecía una estatua de hielo.

–¿Qué... qué has dicho? –preguntó finalmente, con una voz casi inaudible.

–Te quiero –dijo ella acariciándole el rostro–. Y creo que tú también me quieres, así que quiero estar contigo. No me importa por cuánto tiempo. Quiero que seas libre...

Él inclinó la cabeza y la besó con pasión e intensidad.

–Lo eres todo para mí –le dijo mirándola a los ojos–. No puedo imaginar una vida sin ti. Contigo la vida es un milagro. Mi corazón y mi alma te aman con locura. Te adoro, Laura.

–¡Yupiiii! –exclamó Jai detrás de ellos–. ¡Tengo una madre!

–¡Y yo un padre! –gritó Adam.

Laura y Cassian se miraron el uno al otro.

–Y nosotros tendremos un par de mirones –dijo ella con una risita.

–Creo que vamos a atar a estos mirones a la cama, y así podremos tener una pequeña fiesta aquí abajo.

–¡Largo, pequeños monstruos! –dijo ella riendo.

Jai y Adam se miraron con resignación.

–Padres... –gruñó Jai, y los dos volvieron a subir las escaleras, sin parar de reír.

–Pícara –Cassian la abrazó y le acarició la mejilla–. Nunca he sido tan feliz...

–Creía que lo eras cuando teníamos tarta de chocolate de postre. Y si después...

Él la miró con un amor que le llegó hasta lo más profundo de su ser, y ella levantó la cabeza y se perdió en sus besos. En esos momentos se sentía realmente feliz, y de camino a sus fantasías.

Suspiró y se apretó contra él. Cassian. El amante perfecto. El amante perfecto... Y ella era la mujer más afortunada del mundo.

–Cásate conmigo –le susurró él–. Deseo más que nada que seas mi mujer, que tengamos hijos, más mirones... –se echó a reír.

A ella le brillaban los ojos, como un mar resplandeciente bajo un sol deslumbrante.

–Me encantaría ser tu mujer. Y tener a tus mirones...

Cassian volvió a reír y la besó otra vez.

–¡Ya era hora! –se oyó la voz de Jai desde el pasillo–. Pensé que nunca iba a pedirlo.

Acepte 2 de nuestras mejores novelas de amor GRATIS

¡Y reciba un regalo sorpresa!

Oferta especial de tiempo limitado

Rellene el cupón y envíelo a
Harlequin Reader Service®
3010 Walden Ave.
P.O. Box 1867
Buffalo, N.Y. 14240-1867

¡Sí! Por favor, envíenme 2 novelas de amor de Harlequin (1 Bianca® y 1 Deseo®) gratis, más el regalo sorpresa. Luego remítanme 4 novelas nuevas todos los meses, las cuales recibiré mucho antes de que aparezcan en librerías, y factúrenme al bajo precio de $2,99 cada una, más $0,25 por envío e impuesto de ventas, si corresponde*. Este es el precio total, y es un ahorro de más del 10% sobre el precio de portada. ¡Una oferta excelente! Entiendo que el hecho de aceptar estos libros y el regalo no me obliga en forma alguna a la compra de libros adicionales. Y también que puedo devolver cualquier envío y cancelar en cualquier momento. Aún si decido no comprar ningún otro libro de Harlequin, los 2 libros gratis y el regalo sorpresa son míos para siempre.

416 BPA CESL

Nombre y apellido	(Por favor, letra de molde)

Dirección	Apartamento No.	

Ciudad	Estado	Zona postal

Esta oferta se limita a un pedido por hogar y no está disponible para los subscriptores actuales de Deseo® y Bianca®.
*Los términos y precios quedan sujetos a cambios sin aviso previo.
Impuestos de ventas aplican en N.Y.

SPB-198   ©1997 Harlequin Enterprises Limited

Bianca®...
la seducción y fascinación del romance

No te pierdas las emociones que te brindan los títulos de Harlequin® Bianca®.

¡Pídelos ya! Y recibe un descuento especial por la orden de dos o más títulos.

HB#33547	UNA PAREJA DE TRES	$3.50 ☐
HB#33549	LA NOVIA DEL SÁBADO	$3.50 ☐
HB#33550	MENSAJE DE AMOR	$3.50 ☐
HB#33553	MÁS QUE AMANTE	$3.50 ☐
HB#33555	EN EL DÍA DE LOS ENAMORADOS	$3.50 ☐

(cantidades disponibles limitadas en algunos títulos)

CANTIDAD TOTAL	$ _____
DESCUENTO: 10% PARA 2 Ó MÁS TÍTULOS	$ _____
GASTOS DE CORREOS Y MANIPULACIÓN	$ _____
(1$ por 1 libro, 50 centavos por cada libro adicional)	
IMPUESTOS*	$ _____
<u>TOTAL A PAGAR</u>	$ _____

(Cheque o money order—rogamos no enviar dinero en efectivo)

Para hacer el pedido, rellene y envíe este impreso con su nombre, dirección y zip code junto con un cheque o money order por el importe total arriba mencionado, a nombre de Harlequin Bianca, 3010 Walden Avenue, P.O. Box 9077, Buffalo, NY 14269-9047.

Nombre: _____

Dirección: _____ Ciudad: _____

Estado: _____ Zip Code: _____

Nº de cuenta (si fuera necesario):_____

*Los residentes en Nueva York deben añadir los impuestos locales.

Harlequin Bianca®

CBBIA3

En aquella fiesta de celebración de la fusión de la empresa de su padre con la de Cosby, Loris Bergman no podía dejar de pensar que uno de los asistentes le resultaba muy familiar.

Jonathan Drummond aseguraba que no se conocían de nada. A pesar del misterio que rodeaba al papel que desempeñaba en la empresa, una sola noche de pasión convenció a Loris de que estaba enamorada de Jonathan. Pero, ¿qué planes tenía él exactamente; de boda o de venganza?

Tormenta de deseo

Lee Wilkinson

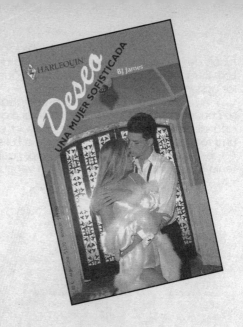

Con solo ver a Haley Garret, Jackson Cade supo
que esa mujer iba a traerle problemas. Aquella sofisti-
cada y bellísima veterinaria era exactamente el tipo de
mujer del que había jurado mantenerse alejado... por
mucho que ella hiciera que se despertaran en él todos
y cada uno de sus instintos masculinos. Iba a luchar
con todas sus fuerzas porque sabía que Haley era la
única mujer que podría romper la barrera que había
alrededor de su corazón.

PÍDELO EN TU PUNTO DE VENTA